हिटलर का यातना-गृह

कॉन्सॅन्ट्रेशन कैम्प में तीन घंटे

हिटलर का यातना-गृह

कॉन्सॅन्ट्रेशन कैम्प में तीन घंटे

डॉ. अजय शंकर पांडेय

राधाकृष्ण प्रकाशन

ISBN : 978-81-7119-788-0

हिटलर का यातना-गृह
कॉन्सॅन्ट्रेशन कैम्प में तीन घंटे

पहला संस्करण : 2002
पाँचवाँ संस्करण : 2021

मूल्य : ₹325

प्रकाशक
राधाकृष्ण प्रकाशन प्राइवेट लिमिटेड
जी-17, जगतपुरी, दिल्ली–110 051

शाखाएँ : अशोक राजपथ, साइंस कॉलेज के सामने, पटना–800 006
पहली मंजिल, दरबारी बिल्डिंग, महात्मा गांधी मार्ग, प्रयागराज–211 001
36-ए, शेक्सपियर सरणी, कोलकाता–700 017

वेबसाइट : www.radhakrishnaprakashan.com
ई-मेल : info@radhakrishnaprakashan.com

मुद्रक
बी.के. ऑफसेट
नवीन शाहदरा, दिल्ली–110 032

HITLER KA YATNA-GRIHA
CONCENTRATION CAMP MEIN TEEN GHANTE
by Dr. Ajay Shankar Pandey

दो शब्द

बुखेनवाल्ड का यातना-शिविर मैंने भी देखा था। अगस्त 1973 में। अब अजय शंकर पांडेय द्वारा प्रस्तुत सचित्र विवरण पढ़कर याद ताज़ा हो गई। मेरी जानकारी में हिन्दी में उस लोमहर्षक नात्सी अत्याचार की कहानी कहने वाली यह पहली पुस्तक है। इस तरह के और दस्तावेज़ों की तरह यह भी 'कुछ ख़्वाब है, कुछ अस्ल है, कुछ तर्ज़े बयाँ है।' लेकिन कुल मिलाकर है यह एक हकीकत ही। ऐसी हकीकत जिस पर एकबारगी यकीन करने को जी नहीं चाहता। फिर भी पढ़ते समय ऐसा लगता है जैसे सब कुछ आँखों के सामने घटित हो रहा है। यही खूबी है अजय शंकर जी की शैली की।

हमारा देश फिलहाल जिस तरह के साम्प्रदायिक आतंक के दौर से गुज़र रहा है उससे बचने के लिए यह पुस्तक चेतावनी का काम कर सकती है। हिटलर के यातना-शिविर निश्चित रूप से इतिहास की वस्तु बन गए हैं और जरूरी नहीं कि वे अन्यत्र भी दुहराए ही जाएँ। किन्तु उस इतिहास से यह सबक तो लिया ही जा सकता है कि कहीं कोई देश खुद ही यातना-शिविर न बन जाए !

यह छोटी-सी पुस्तक आज इसीलिए प्रासंगिक है।

16.3.2002

—नामवर सिंह

भूमिका

प्रथम विश्वयुद्ध के बाद की सबसे गम्भीर घटना है जर्मनी में नाजीवाद की विजय। इसके प्रणेता थे एडोल्फ हिटलर। नाजीवाद, राजनैतिक लोकतंत्र तथा नागरिक स्वतंत्रता को हिमाकत की नज़र से देखता था और युद्ध की महिमा का गुणगान करता था। नाजीवादी प्राचीन टयूटोनी साम्राज्य की महानता को फिर से वापस लाना चाहते थे। नाजियों ने ग़ैर यहूदी जर्मनों में शामी (सेमेटिक) जाति, यानी यहूदियों, के प्रति विरोध की भावना को उभारा। उनका मानना था कि प्रथम विश्वयुद्ध में जर्मनी की हार के लिए यहूदी ही ज़िम्मेदार थे। यही नहीं, जर्मनी के सारे दुःखों की जड़ उन्होंने यहूदियों को बताया। वह जर्मन नस्ल को दूसरी नस्लों से श्रेष्ठ और उन सब पर शासन करने का हक़दार मानते थे। शेष मानवता के अधिकतर हिस्से को हीनतर मानते थे। उनकी दृष्टि में उन लोगों को जीने का कोई हक़ नहीं था। उनका ध्येय जर्मन (आर्य?) 'नस्ल' के सभी लोगों को एक राज्य में संगठित करना था ताकि महान जर्मनी का निर्माण किया जा सके। उन्होंने 'हमारे लोगों के भरण पोषण के लिए भूमि और प्रदेशों' का दावा किया। उनका कहना था कि अतिरिक्त जर्मन आबादी को बसाने के लिए अधिक भूमि और प्रदेश आवश्यक हैं। उन्होंने यूरोप को दास शिविर या मृत्यु शिविर में बदल डालने की कोशिश की। अपने इन लक्ष्यों को प्राप्त करने के लिए नाजियों ने अत्यन्त बर्बर तरीक़े अपनाए। इस नाजी बर्बरता की शुरूआत खुद जर्मनी में हुई। देश में कई यातना शिविर (कॉन्सॅन्ट्रेशन कैम्प) स्थापित किए गए तथा फासीवाद विरोधियों और

यहूदियों को उनके हवाले कर दिया गया। जैसे-जैसे हिटलर की विजय दुंदुभि बजती गई, वैसे-वैसे सारे यूरोप में कॉन्सॅन्ट्रेशन कैम्पों का जाल बिछता गया। नाजियों ने पौलैंड, चेकोस्लोवाकिया, आस्ट्रिया, हालैंड, फ्रांस तथा जर्मनी में यातना शिविर स्थापित किए। पौलैंड के आशवित्स वेलत्सक और त्रेब्लिका तथा जर्मनी के डाखऊ, बेरगन-बेलसन आदि के साथ बुखेनवाल्ड का यातना शिविर मुख्य था। यूरोप-भर के लाखों लोग इन शिविरों में बन्दी बनाकर रखे गए। यह विशुद्ध रूप से मृत्यु शिविर थे। मानव सभ्यता के इतिहास पर कलंक। इनमें से कई यातना शिविर आज स्मारक के रूप में सुरक्षित हैं। ऐसे ही अभागे बुखेनवाल्ड के कॉन्सॅन्ट्रेशन कैम्प को देखने का अवसर मुझे मिला।

वाईमर से 8 कि.मी. की दूरी पर स्थित, इस कैम्प में मैंने **'तीन घंटे बिताए'**। अपनी भावनाओं और संवेदनाओं में प्राण शक्ति फूँकते हुए मैंने इस कैम्प का कोना-कोना झाँका।

ड्रेसडन से जब मैं वाईमर के लिए प्रस्थान की तैयारी कर रहा था, उसी समय मेरे जर्मन मित्र ने बड़े सरल और दुःख भरे लहजे में आगाह किया कि, ''वाईमर पहुँचने से पहले ठीक ढंग से नाश्ता, भोजन इत्यादि कर लीजिएगा क्योंकि बुखेनवाल्ड के कॉन्सॅन्ट्रेशन कैम्प को देखने के बाद शायद आपकी कुछ भी खाने की इच्छा नहीं रह जाएगी।'' उसने कसंट्रेशन कैम्प में मेरे साथ न घूमने की भी इच्छा व्यक्त की। पिछले दस दिनों से जो व्यक्ति लगातार हम लोगों के साथ था, विदेशी भूमि पर 24 घंटे के लिए जो हमारे सुख-दुःख का साथी था, उसके मुँह से इस प्रकार की बातें सुनकर मुझे बेहद आश्चर्य हुआ। मैंने उसको साफ़-साफ़ कहा कि जब पिछले एक माह से आप ज़र्मनी की ख़ूबसूरत जगहें हमें गाइड के तौर पर दिखा रहे है तो वहाँ भी हम आपका साथ

नहीं छोड़ेंगे। उसने फिर क्षमा माँगी और कहा कि, "कॉन्सॅन्ट्रेशन कैम्प में नाजी क्रूरताओं को देखने के बाद आपके मन में जो वेदना और घृणा पैदा होगी, जर्मन देशवासी होने के कारण वह सब मुझ पर भी लागू हो सकती है। जर्मनी के बाहर के जो लोग भी हिटलर की क्रूरताओं से भिज्ञ होते हैं, वह वर्तमान जर्मन पीढ़ी की भावनाओं, उनके विचारों, उनकी मानवीय संवेदनाओं को समझे बिना हर जर्मनवासी को दोष के कठघरे में खड़ा कर देते हैं। आप भी शायद उसके अपवाद नहीं होंगे। आपकी इन्हीं प्रतिक्रियाओं से बचने के लिए मैं अलग ही रहना चाहता हूँ।" उसने बताया कि "पिछले वर्ष मैंने अपने अमेरिकन मित्र को कॉन्सॅन्ट्रेशन कैम्प दिखाया। वह देखते-देखते इतना क्रुद्ध हो गया कि उसने यहाँ तक कह दिया कि मैं ऐसे क्रूर देश के हर नागरिक से एवं तुम से भी घृणा करता हूँ।"

उसकी भावनात्मक पीड़ा ने मुझे झकझोर कर रख दिया। इतिहास के पन्नों को पलटकर उसकी भावनाओं के प्रति निष्पक्ष प्रतिक्रिया के लिए ही मैंने इस पुस्तक के अन्त में एक संक्षिप्त अध्याय 'दोषी कौन?' लिखा है। बहरहाल, उसके कहे हुए एक-एक शब्द ने कॉन्सॅन्ट्रेशन कैम्प की नृशंसताओं और क्रूरताओं और मानवता के प्रति अत्याचारों की परछाई मेरे मस्तिष्क पटल पर उभारकर रख दी। इस कैम्प के दुर्भाग्य की कहानी शूल की तरह मुझे चुभना शुरू हो गई।

सन् 1937 में स्थापित यह कैम्प अप्रैल 1945 तक नाजियों के नियंत्रण में रहा। 11 अप्रैल, 1945 को तीसँरी अमेरिकन आर्मी ने इस कैम्प को मुक्त कराया, परन्तु आगामी पाँच वर्षों तक यह रूसी नियन्त्रण में बना रहा। यातनाओं का सिलसिला अभी भी चलता रहा। केवल पात्र बदल गए थे। अब नाजी बन्दी थे और रूसी पहरेदार। परन्तु यातना-चक्र की

गति एवं तीक्ष्णता निश्चित रूप से अपेक्षाकृत काफी कम थी। वर्ष 1950 के आते-आते इस शिविर को विघटित करने का कार्य आरम्भ कर दिया गया था, और अन्ततः इसे एक स्मारक का रूप दे दिया गया।

इस पुस्तक में केवल नाजी नियन्त्रण के अधीन कैम्प के इतिहास को लेखन का विषय बनाया गया है। 7-8 वर्ष की गतिविधियों को लिपिबद्ध किया गया है। कल्पनाओं के माध्यम से चित्र खींचकर, अपने को उस वातावरण में जीवित देखते हुए सबकुछ लिखा गया है। ऐतिहासिक स्मारक बने हुए उजाड़ खंड इस कैम्प को कल्पना की संजीवनी से ही जीवित कर आबाद किया गया है। तूलिका बनी हुई कल्पना ने चित्रों के सृजन में ऐतिहासिक सत्यों के गाढ़े रंगों का इस्तेमाल किया है। ऐतिहासिक सत्यों की मर्यादा का भरपूर ध्यान रखा गया है। कल्पना के घोड़े को इतिहास की बाड़ को तोड़ने की इजाज़त नहीं दी गई है।

परन्तु कल्पना की शक्ति एवं क्षमता असीम है। उच्छृंखलता इसका गुण है। लगातार बन्धनों में जकड़े रहना उसकी नियति नहीं है। इसी अपरिहार्य स्थिति के कारण कालक्रम के अनुसार घटनाओं के प्रस्तुत न हो पाने का दोष यत्र-तत्र दिखाई दे सकता है। कॉन्सॅन्ट्रेशन कैम्प के विभिन्न भवनों के साक्षात्कार में निरन्तरता एवं तारतम्यता का भंग भी इसीलिए पाठकों को महसूस हो सकता है। परन्तु मेरा विश्वास है कि नैतिक मूल्यों एवं मानवीय संवेदनाओं को झकझोर कर रख देनेवाली भावनाप्रधान, इस लोमहर्षक कृति में यह दोष कहीं भी सुधी पाठकों के ऊपर हावी होता हुआ दिखाई नहीं देगा।

–अजय शंकर पांडेय

क्रम

विषय प्रवेश : भ्रमण

बुखेनवाल्ड का यह क्षेत्र ईटर्सबर्ग की सुन्दर पहाड़ियों के बीच स्थित है। सुन्दर पहाड़ियों एवं हरे-भरे जंगलों के बीच यह स्थान वाईमर के निवासियों में बहुत समय पहले से लोकप्रिय था। प्रकृति ने अपना सौन्दर्य यहाँ शान्ति एवं रचनात्मक विचारों के सृजन के लिए बिखेर रखा था। यहाँ के अप्रतिम प्राकृतिक सौन्दर्य की गोद में बैठकर विख्यात चिन्तक गेटे, शिलर और नीत्शे ने दर्शन, साहित्य एवं कला के क्षेत्र में अद्वितीय साधनाएँ सम्पन्न कीं। जर्मन साहित्य से जुड़ा, प्राकृतिक सौन्दर्य का धनी यह क्षेत्र आज वीरान-सा पड़ा हुआ है। यहाँ के प्राकृतिक सौन्दर्य ने अमानवीयता, क्रूरता और अत्याचार की ऐसी चादर ओढ़ रखी है कि लाखों प्रयत्न करने पर भी सौन्दर्य के मुखड़े तक का साक्षात्कार मानव मन नहीं कर पाता। अमानवीयता और अत्याचार ने यहाँ के सौन्दर्य पर ऐसी गहन कालिख पोत रखी है, ऐसी काली चादर ओढ़ा दी है कि लाख प्रयास करने पर भी उस चादर को खिसका पाना मुश्किल हो जाता है। जैसे-जैसे इस काली चादर को हटाने का उपक्रम कोई करता है वैसे-वैसे उसके सामने परत-दर-परत मानवीय अत्याचारों की कालिमा और गहरी होती जाती है। पूरे वातावरण में अजीब-सी नीरवता है। पूरी प्रकृति यहाँ किंकर्तव्यविमूढ़ नज़र आती है। पेड़, पौधे, पहाड़ियाँ, यहाँ के भवन, यहाँ का निर्माण सबकुछ स्तब्ध है। मानवीय वेदना की उमस एवं सिसक चारों ओर फैली हुई है। यहाँ के पहाड़, जंगल सब सिर झुकाए हुए चिरस्थायी शोकसभा के लिए मौन हो गए हैं। मानव जाति पर हुए वीभत्स अत्याचारों की गवाह यहाँ की ईंट, मिट्टी, पत्थर, पेड़-पौधे, सब शर्म एवं वेदना से बोझिल, स्तब्ध पड़े हुए हैं। सबकुछ अपनी आँखों से देखने के बाद मेरी मनोदशा पथरा-सी गई

बुखेनवाल्ड कैम्प का विहंगम दृश्य

है। यहाँ के मौन सन्नाटे में वेदना की प्रबल अभिव्यक्ति कोई भी भावुक एवं संवेदनशील व्यक्ति महसूस कर सकता है।

यहाँ घोर मानवीय अत्याचारों, दुराचारों, क्रूरताओं और नृशंसताओं को झेलनेवाला हर कोई व्यक्ति किसी-न-किसी का बेटा है, बाप है, पति है, पिता है—यह चिन्तन दिमाग़ में आते ही भयंकर पीड़ा-सी महसूस होती है। यह प्रसव पीड़ा है। मेरी संवेदनाएँ मूर्त रूप ले रही हैं। शरीर का आकार ग्रहण कर रही है। मेरे मस्तिष्क की गर्भ उसे अब और अधिक देर नहीं रख सकता। मेरी संवेदनाएँ, जीवित प्राणी को देह धारण कर जन्म ले चुकी हैं। उसका नाम और पहचान 'मैं' ही हूँ। उसने 'मैं' बनकर उड़ान भरनी शुरू कर दी है। वह बना हुआ मैं आज से 60 साल पहले के कालखंड से गुज़रता हुआ बुखेनवाल्ड के इस कॉन्सॅन्ट्रेशन कैम्प में आकर ठहर जाता हूँ। मानवीय अत्याचार के जघन्य पीड़ितों के बीच में अपने को खड़ा पाता हूँ। कॉन्सॅन्ट्रेशन कैम्प पर एक बिजली-सी कौंधती है। पूरे कैम्प में फैली हुई यह नीरवता धीरे-धीरे धूमिल होती चली जाती है और उसके स्थान पर पूरे कैम्प में 1937 से लेकर 1945 तक के बीते हुए दिनों की चहल-पहल सुनाई पड़ने लगती है। एक के बाद एक दृश्य पैदा होने लगते हैं। मैं अपने भाई-बन्धुओं, अपने बच्चों, अपने देशवासियों को गिरफ़्तार पाता हूँ।

धीरे-धीरे मौत के मुँह की ओर बढ़ते हुए लाखों की संख्या में बच्चों, किशोरों, नवयुवकों, वृद्धों, युवाओं की मनःस्थिति की कल्पना करते हुए रोंगटे खड़े हो जाते हैं। अपनी दर्दनाक मौत का ट्रेलर क्षण-प्रतिक्षण देखनेवाले मानव मन के हृदय एवं मस्तिष्क के हाहाकार की कल्पना असह्य है। हर जन्म लेनेवाले की मृत्यु निश्चित है। मृत्यु भयावह नहीं है, बल्कि मृत्यु से ज़्यादा उसकी कल्पना भयावह है। इसीलिए शायद

1944–बुखेनवाल्ड पहुँचनेवाले बंदियों की कतार

ईश्वर ने मानव जाति को यह स्पष्ट कर दिया है कि उसकी मृत्यु निश्चित है, परन्तु यह कब और कैसी होगी, इसे रहस्य बना दिया। परन्तु इतिहास के इस काले काल और स्थान पर लाखों ऐसे अभागों को ज़िन्दा रहना पड़ा, जिन्हें यह मालूम था कि उन्हें कब मरना है। अपने भाई-बन्धुओं को काल का ग्रास बनते देखकर उन्हें अपने भविष्य की चीख देखनी और सुननी पड़ी।

नज़रें घुमाता हूँ। चारों तरफ एस.एस. आर्मी के जवानों की रोबीली आवाज़ें, उनके कठोर निर्मम चेहरे दिखाई देने लगते हैं। एक एस.एस. सैनिक के बूट की ठोकर मुझे ईटर्सबर्ग के पहाड़ियों की तलहटी में पहुँचा देती है। भारी पत्थर के टुकड़ों को उठाए हुए मैं उस ख़ूनी सड़क के निर्माण में अपना श्रम अर्पण करते हुए पाता हूँ जिस सड़क से भविष्य में लाखों की संख्या में मानव-समूहों को नाजी अत्याचारों और यातनाओं को सहने के लिए आना था।

भारी पत्थर का बोझ सर पर रखे, लड़खड़ाते क़दमों से बढ़ते हुए मेरी नज़र इस स्थल पर बने भवनों की ओर जाती है। अपने ऊपर अत्याचार करनेवालों के लिए भवन भी हम ही ने बनाए। सिक्योरिटी सर्विसेज के लिए बैरक बनाने और कमांडरों के लिए घर बनाने के लिए हमारे ही ख़ून और पसीने को चूसा गया। एस.एस. के लोगों और उनके कमांडरों के लिए आवासीय भवनों को बनाते समय हमारी कुशलता एवं दक्षता का इस्तेमाल किया गया। और हम अभागों के रहने के लिए हमीं से नारकीय आवास तैयार कराए गए। यह सारी रचना दिन-रात जागकर भूखे-प्यासे रहकर हमने की। दिन की रोशनी तो सिक्योरिटी सर्विसेज के लोगों के लिए रही और रात की अँधियारी बन्दियों के लिए बने आवासों पर फैली। दुःख होता है, मन करता है कि नरक भोगते हुए नरक की सीमा का विस्तार हम क्यों कर रहे हैं? जल्लादों के लिए आरामगाह और अपने लिए कालकोठरी खड़ी करने की मजबूरी से, आँखों में आँसू आने लगते हैं। अपने को संयत करता हूँ क्योंकि अभी जीवन को—जिसका अन्त कुछ ही दिनों में निश्चित है—घसीटना है। यहाँ आस-पड़ोस में, कंकड़ पत्थर ढोनेवाले कई लोग गिरे पड़े हुए हैं। उनके हाथ और कन्धे जवाब दे चुके हैं। कुछ को ज़बरदस्ती उठाया जा

अगस्त, 1937 में कॉन्सॅन्ट्रेशन कैम्प के निर्माण का दृश्य

रहा है। वह उठता है फिर गिर पड़ता है। बूट की ठोकर उसको लगती है और कई जगह से ख़ून निकलने लगता है। शरीर सूख गया है। अपना बोझ ढोने से भी मना कर रहा है। फिर जड़ पत्थरों का बोझ कहाँ से उठाएगा। हज़ारों की संख्या में काम करनेवालों पर इस दृश्य का कोई असर नहीं पड़ रहा है। भयग्रस्त, मजबूर चित्रलिखित-से वे अपने शरीर को गलाने, तपाने में ही खपे हुए हैं। सबकी मानवीय संवेदनाएँ निश्चेत हो चुकी हैं। जिसकी चेतना जीवित है, वह भी उसको निश्चेतन के काले गड्ढे में डुबो देना चाहता है। प्रताड़ना और दुर्व्यवहार के खिलाफ़ सुगबुगानेवालों का हश्र मेरी आँखों के सामने कौंध जाता है।

रोलकॉल के लिए लोग इकट्ठे हैं। प्रताड़ना और दुर्व्यवहार के खिलाफ़ फुसफुसाहट करनेवालों को एस.एस. के लोग अलग कर रहे हैं। जो जैसा चाहे कर रहा है, उनको अपमानित कर रहा है। जूते मार रहा है। गालियाँ दे रहा है। फिर एकाएक गोलियाँ चलती हैं। दुर्व्यवहार के खिलाफ़ फुसफुसाहट हमेशा के लिए बन्द हो जाती है। निगाह पेड़ की तरफ़ जाती है जहाँ प्रताड़ना के विरुद्ध आवाज़ निकालनेवालों का गला घोंटा जा रहा है। लोग फाँसी पर चढ़ाए जा रहे हैं। गला इतना दबा दिया गया है कि हमेशा के लिए फुसफुसाहट बन्द। ऐसे कई दृश्य आँखों के सामने घूम जाते हैं। दिमाग़ जड़ है, वाणी मूक है। आँखें अन्धी हैं। जीवन आगे घिसटता है।

शाम ढल रही है। सूरज हज़ारों क़ैदियों के खून और पसीने को पीकर विश्राम की तैयारी में हैं। साँझ की लालिमा फैल रही है। जितना ख़ून एवं पसीना क़ैदियों का बहा है मानो वही आसमान की लालिमा कालिमा बनकर फैला हुआ है। अपने-अपने बैरकों में लौटने की तैयारी हो रही है। कतारबद्ध लोगों के टूटे हुए क़दमों के साथ क़दम मिलाकर मैं भी

शिविर की ओर बढ़ रहा हूँ। सोच रहा हूँ कि मैं हूँ कौन? यहूदी, पोल, चेक, स्लोवाक, स्पेनिश, आस्ट्रियन, डच या अंग्रेज़। हज़ारों क़ैदियों के बीच मैं अपनी जाति, अपना धर्म, रिश्ता व राष्ट्रीयता खो बैठा हूँ। कहीं भी तो कोई अन्तर नहीं दीखता। सभी लोगों में जो चीज़ समान है वह है व्याकुलता, चिन्ता, भय एवं वेदना। मैं ढूँढ़ता हूँ अपना धर्म और राष्ट्रीयता। ढूँढ़ता हूँ अपने राष्ट्र के लोगों को। लाख ढूँढ़ने पर भी मुझे केवल एक जाति, एक धर्म और एक राष्ट्र का साक्षात्कार होता है और वह है पीड़ित एवं संकटग्रस्त मानव जाति, मानव धर्म एवं मानव राष्ट्र। यहाँ है सिर्फ़ मजबूर मानव की जाति। बन्दियों में जाति का राष्ट्रीयता का, धर्म का, दम्भ कहीं नज़र नहीं आ रहा है। जब जीवन और मानव ही नहीं रहेगा तो दम्भ कहाँ से फले-फूलेगा। सबके मन की व्यथा बढ़ रही है। मानव पर होनेवाले अत्याचारों से वह दुःखी है, चिन्तित है, भयग्रस्त है। उनकी बुद्धि, उनका विवेक, उनका संस्कार, मानवीय पीड़ा के बैरियर पर ठहर गए हैं। फुल स्टाप! पूर्ण विराम है। मानवीय पीड़ा के आगे, जाति, धर्म, नस्ल, राष्ट्र सब अपनी पहचान खो बैठे हैं। हम सब यह सोच भी नहीं पा रहे हैं कि मरनेवाला, सताया जानेवाला यहूदी है या रूसी है। काश क़ैदियों की इस मनोव्यथा और उनकी इस मानसिकता को राष्ट्राध्यक्षों ने महसूस किया होता !

रात गुज़ारने के लिए अपने ठिकाने तक पहुँचने में अभी भी काफ़ी देर है। लड़खड़ाते हुए क़दमों से आगे बढ़ते-बढ़ते निगाह एस.एस. गार्ड की टुकड़ी के लिए बनाए गए बैरकों पर ठहर जाती है। हमारे लिए मौत का पैगाम लानेवाली इस एस.एस. टुकड़ी का गठन ख़ासतौर से चुने गए प्रशिक्षित एस.एस. लोगों द्वारा किया गया है और उन्हें मृत्यु की प्रमुख इकाई कहा जाता है। यही तो यातना शिविर प्रणाली के स्तम्भ के रूप

एस.एस. की बैरकें

में कार्य कर रहा है। मुझे मालूम है कि यह सेना का एक सुरक्षित बल है जो आन्तरिक राजनीति से उत्पन्न किसी भी संकट का सामना करने के लिए तैयार है। मैं अब तक समझ गया हूँ कि इस शिविर में उनकी ज़िम्मेदारी में शामिल है नेशनल सोशलिस्ट समुदाय की पद्धतियों के उपयुक्त न हो सकनेवाले लोगों के ख़िलाफ़ वीभत्स घृणा और निर्दयता का भाव प्रदर्शित करना। पैर में ठोकर लगती है, देखता हूँ कि ख़ून बह रहा है। कोई दुःख, आश्चर्य, एवं कष्ट नहीं होता क्योंकि 'द रोड ऑफ़ द ब्लड' पर यह स्वाभाविक ही है। वाईमर रेलवे स्टेशन से लारी अथवा पैदल ईटर्सबर्ग पहुँचनेवाले क़ैदियों के लिए क़ैदियों द्वारा ही रास्ता बनाने के लिए हज़ारों लोगों को बँधुआ मज़दूर के रूप में इस रास्ते पर ही जानलेवा परिश्रम करना पड़ा था। हज़ार मीटर की दूरी से सड़क की नींव बनाने के लिए पत्थर ढोनेवाले क़ैदी दलों को दी गई यातना की याद में ही तो इस सड़क का नाम 'द रोड ऑफ़ द ब्लड' रखा गया है। ख़ून तो इसमें मानव जाति का बहा है, मानवता का बहा है। परन्तु एस. एस. के लोग ख़ुश थे कि यह ख़ून ज़्यादातर यहूदी क़ैदियों का बहा है।

शाम और गहरा गई है। क़ैदियों का काफिला बुखेनवाल्ड रेलवे स्टेशन के पास से गुज़र रहा है। वातावरण में ट्रेन की कर्कश आवाज़ गूँज जाती है। ट्रेन की इस आवाज़ में मुझे हज़ारो क़ैदियों की चीख़ें एवं चीत्कारें सुनाई देती हैं, जिनसे चार महीनों तक कठोर श्रम लेकर वाईमर से यहाँ तक के लिए रेलवे लाइन का निर्माण कराया गया। हालाँकि इसका उपयोग शस्त्र निर्माण करनेवाली फैक्ट्री के लिए था परन्तु मैंने अपनी आँखों से इस स्टेशन को पूरे यूरोप के ट्रांजिट स्थल के रूप में विकसित होते देखा है। पूर्व के शिविर से ख़ाली कराए गए टूटे और थके हुए लोगों से भरी हुई ट्रेन यहाँ पहुँचती है। बहुत बड़ी संख्या में इसके यात्री क्रूर अमानवीयता के शिकार होकर मृत्यु के कगार पर हैं। दिमाग़ चकरा रहा है। हज़ारों लोगों की वीभत्स मौत को देखते-देखते इस प्लेटफार्म से आँखें अपने आप हट जाती हैं। ट्रेन की कर्कश आवाज़ शून्य में विलीन हो चुकी है, रह जाता है केवल वीभत्स मौतों का मूक गवाह यह प्लेटफार्म।

बुखेनवाल्ड का रेलवे स्टेशन

अगले ही क्षण दिखाई देने लगती है शिविर के प्रशासनिक कक्षों और भवनों की शृंखला। शिविर में सारे प्रशासनिक कक्षों का प्रमुख भाग किनारे स्थित है। बन्दी, शिविर के अनुशासन को तोड़कर एक जगह इकट्ठे न होने पाए, इसलिए एस.एस. द्वारा प्रशिक्षित कुत्तों के इस्तेमाल को मेरी आँखों ने कई बार देखा है। बन्दी इकट्ठे हुए नहीं कि उन्हें भगाने के लिए कुत्तों को छोड़ दिया गया। स्टेशन से कैम्प तक की सड़क को कारखो कहते हैं। बन्दियों का मनोबल इस तरह तोड़ा गया है कि एस. एस. के सिखलाए हुए कुत्ते उनसे निपटने के लिए भारी हैं। कारखो पर पैर रखते ही कुत्तों के भौंकने एवं बन्दियों के चीखने का दर्दनाक स्वर वातावरण में कौंधने लगता है।

मैं अपने कान बन्द करता हूँ। इस वीभत्स एवं दर्दनाक दृश्य से अपना दिमाग़ हटाने के लिए नज़रें इधर-उधर घुमाता हूँ। दिखाई देता है, शिविर मुख्यालय में एस.एस. चीफ़ के स्टाफ़ का राजनैतिक विभाग—गेस्टापो, अधिकारियों का मेस, कैंटीन, कमांडर ऑफिस, लकड़ी से बना हुआ कुत्तों का आवास। कमांडर स्टाफ़ के सब पाँच विभाग अपने-अपने कामों को अंजाम देने में लगे हुए हैं। एक प्रशासनिक कार्यों में व्यस्त है, दूसरा क़ैदियों के पंजीकरण का कार्य कर रहा है, तीसरा जबरन मज़दूरी का लेखा-जोखा तैयार कर रहा है, चौथा स्वास्थ्य-सम्बन्धी बातों की ज़िम्मेदारी उठा रहा है और पाँचवाँ शिविर में बन्दी बनाए गए लोगों को यन्त्रणा देने और उसके फलस्वरूप उनकी मृत्यु की ज़िम्मेदारियों का निर्वहन कर रहा है। क्रूरता का नंगा नाच खेलने में सभी विभागों में आश्चर्यजनक तालमेल दिखाई देता है। जबरन मज़दूरी और यन्त्रणा के विभागों का स्वास्थ्य विभाग से घृणास्पद तालमेल है—मन बिसूरने लगता है। सभी एक ही थैली के पक्के चट्टे-बट्टे दिखते हैं। मानवता की सारी आशाएँ दफ़न है।

सर्वोच्च पद पर आसीन कैम्प कमांडर कार्लकोच की नेमप्लेट पर निगाह पड़ती है। शरीर काँप जाता, रोंगटे खड़े हो जाते हैं। आतंक के पर्याय कार्लकोच की नेमप्लेट देखते ही बेहोशी-सी छाने लगती है। बेहोशी भंग होती है, गेस्टापो शिविर से आनेवाली चीख़ सुनकर। यहाँ क़ैदियों से हमेशा की तरह पूछताछ की जा रही है और इस दौरान दी

कारखो मार्ग को दर्शाने वाली पट्टिका

कैम्प कमांडेंट–कार्ल

जानेवाली यातना की भयावह चीख़-पुकार सुनकर कान बहरे होते जा रहे हैं। मुखबिरी नेटवर्क के जरिए मुक़दमा चलाने, बन्दियों को प्रताड़ित करने की जो ज़िम्मेदारी गेस्टापो को दी गई थी, उसका अंजाम देने में मशगूल हैं वे। सबकुछ न्याय की हत्या करके, क़ानून का गला घोंटकर, पीड़ितों को अपील के अधिकार से वंचित रखकर, बिना किसी न्यायिक प्रक्रिया के, बिना न्यायालय में मुक़दमा चलाए जा रहे हैं। हज़ारों ऐसी घटनाओं की स्मृतियाँ हमारे मस्तिष्क को छूकर गुज़र गईं।

शान्ति और मानसिक विश्राम की तलाश में भटकता हुआ मन और शरीर जियोलॉजिकल गार्डन को देखकर क्षण-भर के लिए राहत महसूस करता है। परन्तु अगले क्षण ही शान्ति और विश्राम का रेतीला घरौंदा ढह जाता है। कँटीले तारों से घिरे हुए इस जियोलॉजिकल गार्डन का एक-एक काँटा मुझे शरीर में चुभता हुआ महसूस होने लगा। इस कँटीले तार के पीछे क़ैद जानवर हमसे ज़्यादा बेहतर महसूस होने लगे। हम इन जानवरों से बदतर हैं। हम दोनों कँटीले तारों के पीछे हैं परन्तु जानवरों को जहाँ कँटीले तारों का ही भय है, वहीं हमें चौबीस घंटे दी जानीवाली चुटीली क्रूर यातनाओं को भी भुगतना पड़ रहा है। चिड़ियाघर के जानवरों को आबाद करने के लिए भी हमारा खून-पसीना चूसा गया है। इसके लिए पैसा भी ज़बरदस्ती हमसे ही दान के रूप में उगाहा गया है। हमारे तन, मन और धन के शोषण पर आबाद इस प्राकृतिक सौन्दर्य के क्षेत्र पर मनहूसियत के काले धब्बे मुझे दिखाई देने लगते हैं। चिड़ियाघर के एक कोने में एस.एस. के सदस्य और उनके परिवार के लोग मनोरंजन में व्यस्त हैं। हर्ष और विषाद के इस बेमेल संगम को देखकर मन दहाड़ मारकर रोने को हो रहा है। मज़बूर और मज़बूत के बीच की गहरी खाई में मैं डूबने लगता हूँ। क्रूरता और नृशंसता के इस

खूनी प्रांगण में एस.एस. और उनके परिवारजनों का आमोद-प्रमोद सूइयों की तरह चुभ रहा है। मन विद्रोह कर रहा है, साहसी बनने का प्रयास कर रहा है और एक क्षण में इस बेमेल वातावरण में आमोद-प्रमोद में व्यस्त उन सबको गोलियों से उड़ा देना चाहता है। इन्हीं आवेशों से पथराए शरीर पर एकाएक एस.एस. सैनिक के बूट की ठोकर पड़ती है, गालों पर तमाचा पड़ता है। सारा-का-सारा आवेश और विद्रोह काफूर हो जाता है। आँखें नीचे कर लाश बने शरीर को ढोते हुए आगे बढ़ जाता हूँ।

रोज़ की तरह ही काम करनेवाले दल की लम्बी कतार गेट हाउस इमारत के पास पहुँच चुकी है। उस गेट से न जाने कितनी बार और कितनी कतारों को होकर गुज़रना पड़ा है। गेट हाउस की इस पूरी इमारत को भी बन्दियों ने अपने हाथों से बनाया है। यह भवन प्रमुख वाच-टावर और शिविर जेल के रूप में खड़ा किया गया है। क़ैदियों को दी जानेवाली यातनाओं का दौर इस गेट से गुज़रते ही शुरू हो जाता है। उस दिन की याद मेरी आँखों के सामने तैरने लगती है। तब मैं यहाँ बन्दी बनाकर पहले दिन लाया गया था।

प्रथम अनुभव की छाप मानव-मस्तिष्क पर शाश्वत एवं अटल होती है। यहाँ पहले से ही मौज़ूद बन्दियों की यातना की दुःखद दास्तान सुनकर मेरी और मेरे साथ पहुँचनेवाले क़ैदियों की रूह काँप रही है। इस शिविर में बन्दी बनाए गए लोग अपने व्यक्तित्व का सबकुछ यहाँ तक कि अपनी पहचान भी खो बैठे हैं। हमारे भी व्यक्तिगत उद्देश्यों और अभिलाषाओं को मिटा देने की तैयारी चल रही है। नए आए बन्दियों के बाल काटे जा रहे हैं। बाल कटवानेवालों की कतार में मैं भी बैठा हूँ। मेरे बाल जिनसे मैं प्यार करता हूँ और प्यार इसलिए करता हूँ क्योंकि यह मेरी पत्नी को अच्छे लगते हैं। कितने जतन से और कितने सैलूनों पर घूमने के बाद मैंने अपने बालों की स्टाइल तय की थी। उन्हें आज घास की तरह काटा जा रहा है। मैंने बाल कटवाने से बचने की कोशिश की। जूतों-लातों की बौछार हुई। मेरे बेतरतीब बाल काटकर कार्टून बनाया जा रहा है। एस.एस. के लोग, बाल काटनेवालों के साथ मेरे केश-प्रेम पर हँस रहे हैं, व्यंग्य कर रहे हैं। आँखों से आँसू बहने

काम करके लौटने वाले बंदियों का दृश्य पोलेण्ड के बंदी, करौल कोनित्स्की द्वारा स्याही से बनाया गया चित्र

लगते हैं। मेरे व्यक्तित्व की सबसे आकर्षक चीज़ मुझसे छीन ली गई है। मैं अपना व्यक्तित्व लुटा बैठा हूँ। व्यक्तित्व और अभिलाषा पर हुए करारे आक्रमण से मैं टूटता जा रहा हूँ। चित्रलिखित-सा मैं अपनी पहचान खोने के हर सोपान से गुज़रते हुए शून्य से विलीन होता जा रहा हूँ। मेरे रंग-बिरंगे एवं आकर्षक कपड़े जब्त कर लिये गए हैं। अन्य बन्दियों की तरह मेरे शरीर पर एस.एस. द्वारा दिए गए कपड़े पड़े हुए हैं। कपड़ों का बँटवारा भी वर्गों में किया जा रहा है। भिन्न-भिन्न वर्ग के लोग भिन्न-भिन्न कपड़ों में पहचाने जा रहे हैं। मैं भी 'मैं' नहीं रह गया हूँ। मुझे नम्बर आवंटित कर दिया गया है। मेरा व्यक्तित्व, मेरा जीवन अब वह नम्बर है। मेरे व्यक्तिगत उद्देश्यों पर, मेरी अभिलाषाओं पर, क्रूरता की कालिख पोत दी जाती है।

घड़ी का घंटा बज रहा है। यह सन्देश दे रहा है कि समय पीछे नहीं जाता है, ठहरता भी नहीं, उसे आगे ही आगे बढ़ना है। समय का यह सन्देश मुझे यातना-शिविर की प्रथम दिन की स्मृतियों के बाहर निकालता है। मेरी निगाह टावर के बुर्ज पर लगी हुई शिविर की एक मात्र सार्वजनिक घड़ी पर टिक जाती है।

घड़ी का हथौड़ा भी अपना समय-सूचक डंका पीटकर शान्त हो चुका है। घड़ी की सूइयाँ भी थके-हारे बन्दियों की तरह डायल पर घिसट रही हैं। कुछ नया महसूस नहीं होता और दिखाई देने लगता है गेट हाउस के पश्चिमी क्षेत्र में स्थित भयावह जेलनवाऊ (बंकर)। शिविर में बंकर ही सबसे अधिक खतरनाक और घातक स्थान है, बन्द कमरे में यातना देने का केन्द्र है यहाँ। एस.एस. और गेस्टापो के लोग सब तरह की यातना और पूछ-ताछ सम्बन्धी तरीक़े अपनाते हैं यहाँ। वहशीपन के सभी तरीक़ों का इस्तेमाल करते हैं वे। मानवता के रंचमात्र प्रदर्शन पर

भी यहाँ कड़ा सेंसर है। न्याय यहाँ मरा पड़ा है। एस.एस. और गेस्टापो के लोग क़ैदियों की इच्छा के विरुद्ध अपने मनमाफ़िक बयान दर्ज़ कर रहे हैं। दंड की अवधि 21 दिन के लिए निर्धारित है, लेकिन इन प्रकोष्ठों में कई महीनों के बन्दी पड़े कराह रहे हैं। किसी से पूछ-ताछ हो रही है और कई उसके अगल-बगल पूछ-ताछ के दौरान दी गई भीषण यातना के कारण मरे पड़े हैं। पूछ-ताछ के लिए मार्टिनसोमर के आने का मतलब है मौत। कुख्यात मार्टिनसोमर की झलक दिमाग़ में आते ही दिमाग़ एवं आँखें बंकर से भाग खड़ी होती हैं और छिप जाती हैं, टैंक गेट और बैरक के बीच के मस्टरिंग ग्राउंड के एक कोने में।

परन्तु यह तो हैवानियत के खेल का खुला मैदान है। इस मस्टरिंग ग्राउंड का इस्तेमाल बन्दियों को सार्वजनिक रूप से अपमानित करने के लिए किया जाता है। इस मस्टरिंग ग्राउंड पर बन्दियों के अहं एवं स्वाभिमान पर बलात्कार होते हुए आए दिन मैं देखता हूँ। बिना किसी कारण के चिलचिलाती धूप में सैकड़ों बन्दियों के साथ मुझे घंटों आए दिन खड़ा रहना पड़ा है। चाबुक और गालियों की लय पर गाना गाने के लिए मजबूर होना पड़ा। इस स्थान को दैनिक रूप से क़ैदियों की संख्या गिनने के लिए भी प्रयोग में लाया जाता है। इस परेड के दौरान एस.एस. सैनिक, क़ैदियों से बहुत ऊपर अपनी-अपनी बालकनी में खड़े होकर निरीक्षण करते है और अपना शस्त्र-प्रदर्शन करते हैं। हमारे सार्वजनिक अपमान में उनका मनोरंजन चलता है, वह मज़ा लेते है। कैम्प रूल्स के तहत बन्दी बनाए गए लोगों की गिनती दिन में दो बार करना, अलग-अलग ब्लाक में उन्हें बाँटना, और दैनिक कार्यों का

मस्टरिंग ग्राउंड में कॉलरोल के लिए एकत्र बंदी

आवंटन करना यही सबकुछ तो प्रतिदिन की चर्चा है यहाँ। हाज़िरी के दौरान विभिन्न ब्लाकों में बाँटने के लिए त्रिभुजाकार पत्थरों की बाड़ मस्टरिंग ग्राउंड में फैली हुई है। मैं जानता हूँ कि एस.एस. का उद्देश्य यह सब करके क़ैदियों के व्यक्तित्व को आहत करना और कुल मिला कर उनके मानवपन को समाप्त करना है। मुर्गियों के दड़बे में भी उनकी गिनती करने के लिए ऐसा तरीक़ा नहीं अपनाया जाता।

हमारे मान, सम्मान, स्वाभिमान का कब्रिस्तान है यह मस्टरिंग ग्राउंड। परन्तु अगले ही क्षण मान, सम्मान का दफ़न शरीर क़ब्र में ही छोड़कर मेरी स्मृतियाँ रूह बनकर धीरे-धीरे निकलने लगती हैं और घूम-घूमकर इस कैम्प में बन्दियों के खोन-पान, रहन-सहन एवं उनकी यातनाओं का साक्षात्कार करने लगती है। वह भटकती हुई एक-एक इमारत में जाकर यहाँ की घिनौनी सच्चाई को भोगती है। मस्टरिंग ग्राउंड के दोनों तरफ़ एस.एस. ने विशिष्ट शिविर बनाए हुए हैं, जिनका उपयोग जर्मन यहूदियों को रखने के लिए और उनको उनके समुदाय के लोगों से पृथक् करने के लिए किया जाता है। दूसरा पृथक् शिविर आस्ट्रियन और पोल्स के लिए बनाया गया है। यहूदी, पोल, चेक, स्लोवाक, स्पेनिश, आस्ट्रियन, डच और अंग्रेज़ सब यहाँ क़ैद हैं। कमोबेश सबकी नियति एक जैसी है। कहीं भी तो कोई अन्तर नहीं दिखता। एक जैसी ही है यहाँ रहने के लिए दी गई गन्दी और सँकरी कोठरियाँ। मैं देख रहा हूँ कि किस तरह पहले ही दिन मुझे हज़ारों क़ैदियों के साथ ऐसी ही कोठरी में ढकेल दिया गया है। न शौचालय की सुविधा है, ज़रूरत-भर का पानी भी तो नहीं दिया जाता है। मैं अपना शरीर देखता हूँ। हज़ारों क़ैदियों की तरह लगातार 14 से 16 घंटे काम करते रहने के कारण सूख गया है। ईटर्सबर्ग की पहाड़ियों की कठिन जलवायु और

ढाल तथा क़ैदियों को दिए जानेवाले अपर्याप्त कपड़ों की वजह से जाड़ों में बैरक के बाहर काम करते हुए हज़ारों क़ैदियों के अंग-भंग होते हुए मैंने देखे हैं। वह मजबूर हैं उन्हीं गन्दी और सँकरी कालकोठरियों में पड़े अपाहिज की ज़िन्दगी जीने के लिए।

द्वितीय विश्वयुद्ध शुरू हो गया है और उसके साथ ही बुखेनवाल्ड में क़ैदियों की संख्या भी काफ़ी बढ़ गई है। अन्य यातना-शिविरों से क़ैदियों की आमद यहाँ लगातार बढ़ रही है। मेरे देखते-ही-देखते एस. एस. के लोगों ने हज़ारों की संख्या में आनेवाले क़ैदियों को खपाने के लिए एक विशेष शिविर खड़ा कर दिया है। नाम है इस शिविर का 'स्माल कैम्प'! 'स्माल पोलिश कैम्प'। क्षमता से दूने लोगों को इस कैम्प में ठूँसा जा रहा है। वियना से बन्दी बनाए गए हज़ारों यहूदी और सैकड़ों पोल्स लम्बे समय से यहाँ पड़े हुए हैं। शरीर को गला देनेवाली ठंड से बचाने के लिए क़ैदियों को छत देने का नाटक किया जा रहा है। लकड़ी के बैरक, और बड़े-बड़े टेंट लगाए जा रहे हैं। फिर भी मानो एस.एस. की मंशा को भाँपकर भयग्रस्त यह टेंट और लकड़ी की बैरक भी क़ैदियों को अपने दामन में समेटने से मना कर देती है। मैं सैकड़ों पोल्स को भीषण ठंड में खुले आसमान के नीचे मृत्यु की प्रतीक्षा करते हुए देख रहा हूँ। कँटीले तारों से बनाए गए पिंजड़ेनुमा घेरे में उन्हें रात बिताने के लिए छोड़ दिया गया है। क्रूरता और अत्याचार का गवाह यही स्थान तो रोज़ गार्डेन कहलाता है। कीड़े-मकौड़ों की तरह ज़िन्दगी काटते हुए शिविर के ज़्यादातर अधिवासी पेचिश के शिकार हो गए हैं। जैसे-जैसे उनकी बीमारी बढ़ रही है, वैसे-वैसे उनको दिए जाने वाले राशन की मात्रा भी घटती जा रही है। जहाँ उन्हें 300 से 400 ग्राम ब्रेड और एक लीटर सूप दिया जाता था वहीं उसे घटाकर 200 ग्राम कर

अप्रैल, 1945 स्माल कैम्प में रहने वाले नौजवान लोग

दिया गया है। कुछ मामलों में तो कुछ भी नहीं दिया जाता है। भुखमरी का तांडव नृत्य यहाँ चल रहा है। यहूदियों और पोल्स की सामूहिक हत्या का यह लघु शिविर काल कोठरी जैसे बना हुआ है। हज़ारों हत्याओं के बीच मैं जानता हूँ कि वियना के कोजज एडलर, जिसकी उम्र 86 वर्ष है, इस यातना शिविर का सबसे वृद्ध शिकार है। ऐसे कितने ही बूढ़े एडलर दर्दनाक तरीक़े से काल के ग्रास बने होंगे और आगे बनेंगे—सोचना भी बर्दाश्त के बाहर हो रहा है। जीवित लाशों के इस कैम्प को वहीं छोड़कर दबे पाँव मैं मन कड़ा करके स्मृतियों के झरोखे से शवगृह कैम्प के भवन में झाँकता हूँ।

शवगृह कैम्प बनाने के पहले यहाँ पर वाईमर म्यूनिसिपल क्रिमेट्री से लाए गए और आस-पास के कस्बों में मारे गए लोगों के शव इकट्ठा होते थे। लाशों को रखने के लिए बनाया गया शेड शिविर क्षेत्र के बाहर था। यहाँ की संरचना में काफ़ी बदलाव दिखता है। पहले तो इन बैरकों के दो भाग मैंने देखे थे। एक भाग था क़ैदियों की लाशों को रखने के लिए तथा दूसरे कक्ष में शवों की चीर-फाड़ करने के लिए गोलाकार मेज़ होती थी। परन्तु बाद के दिनों में मैंने देखा था कि एस.एस. के लोगों को शिविर में मोबाइल क्रिमेट्री रखनी पड़ी थी, और इसका कारण था मरनेवालों की संख्या में अत्यधिक बढ़ोत्तरी। मुझे मालूम है कि इससे भी समस्या का समाधान नहीं हुआ। हत्याओं की संख्या सीमा को लाँघ रही थी, फलस्वरूप लाशों को रखने की समस्या पैदा हो गई थी। परिणाम था लाशों को रखने और उनके निस्तारित कर देने के लिए और नई इमारतों का निर्माण। लाशों को ठिकाने लगाने की इन प्रक्रियाओं को मैं देख चुका था। उत्सुकता एवं रोमांच इस नए भवन की कार्य-प्रणाली को देखने की है। लाशों के ढेर के बीच जीवित बचा मैं उस समय की स्मृतियों में डूब गया हूँ। मैं देख रहा हूँ कि इस भवन के नीचे के तल में लाशों को रखने के लिए स्थान बनाए गए हैं। सैकड़ों-हज़ारों की संख्या में लाशों का ढेर पड़ा हुआ है। लिफ़्ट चल रही है। इस लिफ़्ट में लाशों को लादा जा रहा है। लिफ़्ट से होकर लाश ऊपर स्थित भट्ठी कक्ष तक जा रही है। 10 भट्ठियाँ धधक रही हैं, आग उगल रही हैं, ख़ुराक के लिए जैसे जीभ लपलपा रही हैं। भट्टियों में लाशों को ऐसे

झोंका जा रहा है, जैसे इंजन में कोयला डाल दिया जाता है। मैं देख रहा हूँ कि ये लाशें यहाँ आने से पहले पैथोलॉजी विभाग में भेजी गई थीं। यही तो होता है। सामूहिक नरसंहार के अलावा जो भी हत्याएँ होती हैं, वे सब लाशें पैथोलॉजी विभाग को ही जाती हैं। चिकित्सकों का दल इन लाशों से चिकित्सकीय नमूने तैयार करने में व्यस्त है। जीवित मनुष्यों के अलावा यह लाशें भी एस.एस. की व्यक्तिगत इच्छाओं की पूर्ति के लिए इस्तेमाल की जा रही हैं। कोई लाशों की खालें निकाल रहा है, और कोई हड्डियाँ। तैयार किए जा रहे हैं खालों और हड्डियों के विभिन्न प्रकार के कलात्मक नमूने। कलात्मक अभिव्यक्ति के लिए मानव शरीर के इस घृणास्पद इस्तेमाल से कला नख से शिख तक काली हो गई है। वह स्तब्ध है, पथरा गई है। कला की भावना और उनकी आत्मा को फाँसी चढ़ चुकी है। कलात्मक विकास के नाम पर इन उपादानों के इस्तेमाल से वह लज्जा, क्रोध एवं विवशता के कारण अपनी जान छोड़ चुकी है। इस प्रकार के कलात्मक नमूने कला के लिए मृत्युदंड हैं। यही नहीं, लाशों के मुँह खोलकर सोने के दाँतों को भी निकाल लेने में लोग लगे हुए हैं। इस दरिन्दगी ने सोने को भी शर्म एवं भय से पीला कर दिया है। पीलापन जो सोने के सौन्दर्य का रंग है, आज जुगुप्सा, घृणा एवं भय का रंग बन गया है। मैं देख रहा हूँ कि पैथोलॉजी विभाग लाशों से आवश्यक उपादानों को निकालकर उन्हें जला देने के लिए प्रमाण पत्र दे रहा है। हज़ारों की संख्या में जली हुई लाशों की राख को एक जगह इकट्ठा किया जा रहा है। मैं पीछा करता हूँ और देख रहा हूँ कि मेन्सन रोड के नीचे उसे नष्ट किया जा रहा है। ईटर्सबर्ग पहाड़ी के दक्षिणी ढाल पर भी क्रिमेटेरियम में जलाई गई लाशों की राख लाई जा रही है। डेविड होल कहते हैं इसे। अस्थियों के अवशेषों को बोरों में भरकर गाड़ियों में लादकर रात के अँधेरे में लाया जा रहा है। पोर्टर्स इन बोरों को गड्ढे में नीचे ले जा रहे हैं, और फिर ख़ाली कर रहे हैं। डेविड होल्स और मेन्सन रोड के चक्कर लगाकर मैं फिर क्रिमेट्री भवन में पहुँच गया हूँ। अरे! यह शवदाहगृह ही नहीं है, बल्कि जीवित लोगों को भी सज़ा देने का स्थान है। एस.एस. की क्रूरताएँ ज़िन्दा और मुर्दा दोनों के लिए बराबर हैं। शवदाहगृह और

पैथोलॉजी विभाग दोनों ही लाशों को भी यन्त्रणा देने एवं पीड़ित करने से परहेज नहीं कर रहे हैं। शवदाहगृह और उसके आँगन में जीवित लोग भी अपने जीवन की अन्तिम साँसें गिन रहे हैं। दीवालों पर हुक लगे हुए हैं। दीवाल पर लगे इन हुकों पर जीवित लोग लटका दिए गए हैं। हुकों पर लटकाकर हज़ारों लोग मार दिए गए हैं। एक आठ साल का बच्चा हुक से लटका हुआ तड़प रहा है। घंटों तक चीखने और छटपटाने के साथ उसकी जीवन-लीला समाप्त हो जाती है। बचपन की नासमझी में यह बच्चा ज़रूर अपने माँ-बाप को निर्दयी समझ रहा होगा, जो उसे बचाने के लिए नहीं आ रहे हैं। माँ-बाप के कितने अरमानों के बाद इस बच्चे ने जन्म लिया होगा। कितनी प्यार और ममता बहाई गई होगी इस बच्चे के ऊपर। परन्तु मज़बूर माँ-बाप, बालक के बारे में सोचने के लिए ज़िन्दा नहीं होंगे। हो सकता है कि इसी शवदाह गृह में लाशों के ढेर के बीच अपने अन्तिम संस्कार की प्रतीक्षा में हों। बालक के बिछुड़ने पर यदि क्षण-भर के लिए भी माँ-बाप को सोचने का मौक़ा मिला होगा तो उन्होंने यह ग़लती ज़रूर महसूस की होगी कि इस क्रूर युग में उन्होंने बच्चे को जन्म ही क्यों दिया ! वह छोटा बच्चा भी कितने क्रूर और केवल क्रूर अनुभवों के साथ इस लोक से विदा हुआ। धरती पर मानव जीवन का अर्थ उनके लिए केवल क्रूरता, अन्याय, अत्याचार एवं निष्ठुरता ही रहा। शवदाह गृह से मैं अपनी स्मृतियाँ समेटता हूँ। हृदय का हा-हाकार एवं वेदना आँखों के रास्ते पानी बनकर बह रहा है। जब तक मैं अपने आँसू पोछता हूँ और उन्हें रोकने का प्रयास करता हूँ तब तक मेरी याददाश्त ब्लाक संख्या-17 में उलझी हुई दिखाई देती है।

तीस या इससे अधिक के लकड़ी के बनाए गए बैरकों में से प्रत्येक में

180 से 250 के बीच लोग यहाँ रह रहे हैं। यह बैरक 53 मी. लम्बा और 8 मी. चौड़ा है। ज्यादातर समय इसमें यहूदी क़ैदी ही रहते हैं। यहूदी, जिन्होंने एस.एस. यन्त्रणा सबसे ज़्यादा भोगी है। यातना के भयंकर उपादान भी यहूदियों के लिए ही हैं। इसीलिए यहूदियों के अलावा भी जो कोई स्पेशल ट्रीटमेंट—विशेष यातना—के लिए इस कैम्प में लाया जाता है तो उसके लिए यहूदियों के रहने के लिए बनाई गई बैरक ही इस्तेमाल में लाई जाती है। मुझे मालूम है कि पेरिस के 45 सैनिक तथा फ्रांसीसी अत्याचार का विरोध करनेवाले लोग इन्हीं बैरकों में हैं और अगले ही क्षण मुझे याद आता है अरे! वे सभी सैनिक तो फाँसी पर लटकाए जा चुके हैं। बुखेनवाल्ड यातना शिविर में पेड़ पर लटकाकर मौत के घाट उतारने का यही तो ब्लाक है। कई लोगों को मैंने इन्हीं अभागी आँखों से पेड़ पर लटकाकर मौत की नींद सोते देखा है।

बैरक की पश्चिमी कतार में बन्दियों के रसोईघर और लांड्री के बीच पुराना ओक का पेड़ है। बन्दियों के लिए प्रकृति का निस्पन्द स्वरूप महसूस करनेवाला स्थान। शिविर में रहकर कुछ बन्दियों ने जो कुछ कलात्मक सर्जना की उसके लिए उन्होंने प्रेरणा इसी ओक के पेड़ से प्राप्त की है। यही ओक का पेड़ शिविर के बाहर के सकारात्मक संसार का प्रतिनिधित्व कर रहा है। मैं जानता हूँ कि गेटे ने फाओनस्टीम के साथ कई-कई दिन इस पेड़ के नीचे बैठकर चिन्तन किया है। परन्तु शिविर बनाने के लिए जंगलों की भारी कटाई के बीच इस पेड़ को छोड़ देने के पीछे एस.एस. के लोगों के मन में गेटे के प्रति कोई सम्मान की भावना नहीं। पेड़ को देखने से प्रकृति से निकटता का अहसास तथा गेटे से जुड़ाव के कारण दिमाग़ कुछ हलकापन महसूस करता है। ओक के पेड़ की पत्तियाँ और टहनियाँ हिल रही हैं, हवा चल रही है। डालियाँ, टहनियाँ और पत्तियाँ मचलने लगती हैं। इस पेड़ की पत्तियों के झुरमुट में विश्राम के लिए पड़ी हुई मेरी स्मृतियाँ भी उन्हीं के साथ-साथ मचलने लगती हैं। ऐसा लगता है कि इस पेड़ को मेरी स्मृतियों का ठहराव भा नहीं रहा है। वह उसे झकझोरकर गिरा देती हैं। और मैं अपने को संक्रमणरोधी भवन में पाता हूँ।

लांड्री भवन और गेटे का ओक

इस कैम्प में भिन्न-भिन्न देश, नस्ल, जातियों तथा भिन्न-भिन्न परिस्थितियों में रहनेवाले लोग बन्धक हैं। कैम्प की विषम एवं अप्राकृतिक परिस्थितियों की मार भी बन्दियों को झेलनी पड़ रही है। निहित स्वार्थों की पूर्ति के लिए बन्दियों को काम करने लायक स्तर तक जीवित रहना–एस.एस. के लोगों के लिए आवश्यक है। मानव जीवन यहाँ पर शोषण लायक बना रहे, वह बलात श्रम की पूर्ति करता रहे, उसकी ही चिन्ता मात्र एस.एस. के लोगों को है। इसके लिए लोगों को संक्रमण से मुक्त रखना आवश्यक समझा गया। इस संक्रमणरोधी प्रक्रिया में उनके शरीर और बालों को साफ़ रखना, उन्हें संक्रमणरोधी वेशभूषा में रखना, उनके हाथों को संक्रमणरोधी दवा से स्वच्छ रखना शामिल है। इसी उद्देश्य के लिए इस भवन का निर्माण कराया गया। मैं स्वयं अनेक बार संक्रमणमुक्त किया गया हूँ। एक बार में 35 से 50 लोगों को संक्रमणमुक्त किया जाता है। जो इस गेट से गुज़रते हैं उन्हें क़रीब के गोदाम तक जानेवाली सुरंग में नंगा दौड़ाया जाता है। मैं यह नहीं समझ पा रहा हूँ कि इस प्रक्रिया से हमारा शरीर कितना संक्रमणरोधी हुआ। परन्तु हमारे मन को क्रूरता और यातना का जो संक्रमण एस.एस. द्वारा दिया गया है, वह कतई रुक नहीं पाएगा। सुरंग से नंगे दौड़ते हुए मेरी स्मृति का तार गोदाम और अजायबघर से जुड़ जाता है।

यह शिविर के निर्माण कार्यों में सबसे बड़ा तथा पुराना भवन है। इसमें बन्दियों के लिए वस्त्र विभाग, वेयर हाउस–जिसमें उनका व्यक्तिगत सामान रहता था–उपकरण, गोदाम और वित्त विभाग के कार्यालय हैं। मैं अन्य बन्दियों के साथ जो भी सामान अपने साथ लाया हूँ इस भवन में जमा कर रहा हूँ। हर बन्दी के लिए यह अनिवार्य है कि अपने साथ लाए

गए सामान को यहाँ जमा कर दे। यहीं मुझे नया वेश प्रदान किया जा रहा है। यहीं हमें वह संख्या दी जा रही है, जिससे आगे चलकर मेरी पहचान इस कैम्प में होनी है। मुझे क़ैदी रंगीन त्रिभुजाकार कपड़े और प्रतीक चिह्न प्राप्त करा रहे हैं। मैं भी कतार में लगकर रंगीन कपड़े और त्रिभुजाकार प्रतीक चिन्ह प्राप्त कर रहा हूँ। इस गोदाम के इन्चार्ज भी बन्दियों में से ही नियुक्त हैं। अपने अब तक जिए गए जीवन और उसके प्रतीकों को इस गोदाम में धरोहर के रूप में जमा कराकर मैं बाहर निकलता हूँ, इस आशा के साथ कि यदि जीवन रहा तो इस धरोहर को वापस लेने ज़रूर आऊँगा। जो चीज़ें मैंने जमा कराई हैं, जिन चीज़ों का मैंने अर्पण किया है, वह मेरे माँ-बाप, मेरी पत्नी, मेरे बच्चों की स्मृतियों से जुड़े हुए हैं। वह प्रतीक हैं मानव के स्वतन्त्र अस्तित्व के। जो चीज़ें मैंने यहाँ ग्रहण की हैं, जो प्रतीक प्राप्त किए हैं वह सब मानव की मज़बूरी, हताशा और यातना का प्रतिनिधित्व करते हैं। हताशा और आशा के बीच आगामी दिनों में चलनेवाले द्वन्द्व में किसका पलड़ा भारी होगा उसका आकलन करते-करते मैं अपनी स्मृतियों के साथ इस गोदाम से बाहर आ जाता हूँ।

नज़रें भवन के सामने स्थित बन्दियों की लांड्री और उसके पीछे स्थित आलू के गोदाम से होते हुए ब्लाक नं. 50 पर स्थित टाइफाइड सीरम संस्थान का जायजा लेने लगती हैं। पक्की ईंट से बनाई गई यह दो मंजिला इमारत उन 15 भवनों में से एक है, जो सबसे पहले यहाँ निर्मित हुए हैं। पोलैंड से लाए गए बन्दियों का सेंटर था यह। फिर उसका पुनर्निर्माण किया गया और मैं आज देख रहा हूँ कि उसमें असाधारण रूप से उत्कृष्ट दक्षतावाले उपकरणों को लगाया गया है। यहाँ हाइजीन इंस्टीट्यूट ऑफ वोफन एस.एस. द्वारा सीरम का उत्पादन किया जाता है। यह वह सीरम है, जिसका उपयोग टाइफाइड रोग में किया जाता है। जर्मन सेना के डाक्टरों के लिए एक प्रयोगशाला भी इसमें चल रही है। इस प्रयोगशाला में वोफेन एस.एस. और राबर्ट कोच इंस्टीट्यूट की भी भागीदारी है। ये वही संस्थाएँ हैं, वही लोग हैं जो ब्लाक नं. 46 में जीवित मनुष्यों के ऊपर अनुसंधान करने में लगे हुए हैं। चिकित्सा इतिहास की अभूतपूर्व घटनाओं को घटते हुए मैं देख रहा हूँ ब्लाक नं. 46 में। मानव जाति को रोगों से मुक्ति दिलाने के लिए मजबूर मानवों

ब्लाक नं. 50 टाइफाइड सीरम इन्स्टीट्यूट

पर अनुसंधान करके उनकी बलि चढ़ाई जा रही है। चिकित्सा जगत की नैतिकताओं का गला घोंट दिया गया है। टाइफाइड रिसर्च स्टेशन हैं यहाँ। बुखेनवाल्ड कॉन्सॅन्ट्रेशन कैम्प में जीवित मानवों के ऊपर टाइफाइड वैक्सीन के परीक्षण का कार्य सरकारी अधिकारियों, आई.जी. फोरमैन एजी कम्पनी के प्रतिनिधियों और एस.एस. के लोगों के बीच एक समझौते के तहत हो रहा है। हाइजीन इंस्टीट्यूट ऑफ दी वॉफेन एस.एस. से सम्बद्ध यह कुख्यात रिसर्च स्टेशन इस ब्लाक नं. 46 में ही स्थापित है। लगभग 3 वर्षों तक बिना किसी व्यवधान के जीवित मानवों पर इस प्रकार का परीक्षण चलता चला आ रहा है। परीक्षण के लिए इस्तेमाल किए जानेवाले बन्दियों में से कुछ 'रिफैक्टरी' बन्दियों की कम्पनी से और कुछ 'के' कम्पनी से हैं। इंजेक्शन के ज़रिए रोगों को उत्पन्न करनेवाले कृत्रिम संक्रमण को उनके अन्दर पैदा किया जा रहा है। कृत्रिम संक्रमण दिए जाने के बाद उन्हें बिना इलाज के परीक्षण के लिए छोड़ दिया जाता है। एस.एस. के डाक्टर ऐसे लोगों को ट्रांसमीटर कहते हैं। ऐसे सब संक्रमित बन्दी कुछ दिनों के बाद मर जाते हैं। ऐसा इसलिए किया जाता था ताकि उनके अन्दर संक्रमण के कीटाणुओं को संरक्षित किया जा सके और अन्य परीक्षण सामग्री के रूप में संक्रमण के लिए रक्त इकट्ठा किया जा सके। मुझे मालूम है कि महामारी से सम्बन्धित बीमारियों पर ऐसे कई परीक्षणों की शृंखला यहाँ चल रही है। इस प्रकार के परीक्षणों में हज़ारों लोगों को तड़प-तड़पकर मरते हुए मैंने देखा है और बहुत बड़ी संख्या में लोगों का स्वास्थ्य नष्ट किया गया है।

'हिप्पोक्रेटिक ओथ'* की मौत का सन्नाटा चारों और फैला हुआ

---

*अध्ययन के उपरान्त कर्म क्षेत्र में उतरने से पूर्व प्रत्येक चिकित्सक हिप्पोक्रेट के नाम पर एक शपथ लेता है। वह शपथ उसके लिए बाइबिल के समान है। नैतिक मूल्यों को जीवित रखनेवाली यह शपथ इस प्रकार है–

I swear by apollo physician, by Asclepius, by Health, by Heal-all, and by all the gods and goddesses, making them withnessess, that I will carry out, according to my abilty and judgement, this oath and this indenture.

[*शेष पृष्ठ 47 पर*]

है। चिकित्सकों द्वारा ली जानेवाली इस नैतिक शपथ का एक-एक शब्द तड़प-तड़पकर मर रहा है। जीवित मनुष्यों पर घिनौने परीक्षण करनेवाले चिकित्सकों के दल ने इस शपथ की भावना को दफ़न कर दिया है मेडिकल साइंस के जनक हिप्पोक्रेट की आत्मा मुझे तड़पती हुई दिखाई दे रही है। वह रो रही है। उसका रोना मैं बर्दाश्त नहीं कर पा रहा हूँ। इस करुण क्रन्दन से बचने के लिए मैं शरण लेता हूँ ब्लाक नं. 22 में।

ब्लाक नं. 22 यहूदी ब्लाक है। वही यहूदी जो नाजी यातनाओं के भीषणतम शिकार हैं। एक यहूदी बन्दी के रूप में मैं इस ब्लाक में अपनी मौत देख रहा हूँ। बुखेनवाल्ड में यहूदी होना धरती पर सबसे घृणित व्यक्ति होना है। एस.एस. के लोग अपने मूड के अनुसार जब चाहें तब उन्हें मौत की नींद सुला देते हैं। हम यहूदियों के साथ ऐसा

[पृष्ठ 46 का शेष]

To regard teacher in this art as equal to my present; to make him partner in my livlihood, and when he is in need of money to share mins with him; to consider his offspring equal to my brothers; to teach them this art, if they require to learn it, without fee or indenture; and to impart precept, oral instruction, and all the other learning, to my sons, to the sons of my teacher, and to pupils who have signed the indenture and sworn obedience to the physicians' Law but to none other.

I will use treatment to help the sick according to my ability and judgement, but I will never use it to injure or wrong them. I will not give poison to anyone through asked to do so, nor will I suggest such a plan, Similarly I will not give a pessary to a woman to cause abortion. But in purity and in hiliness, I will guard my life and my art. I will not use th kinfe on suffers from stone, but I will give place to such as are craftsmen there in.

Into whatsoever houses I enter, I will do so to help the sick, Keeping myself free all international worngp-doing and harm, especially from fornication with woman or man bond or free.

Whatsoever in the course of practice I see or hear (or ever outside my pratice in social intercoures) that ougth never to be published aborad, I willnot divulge, but will consider such things to be holy secrets.

Now if I keep this oath and break it not, may I enjoy hounour, in my life and art, amoung all men for all time, but if I trasgress and forswear myself, may be oppoisite be fall me.

सलूक तो होना ही है। वर्तमान जर्मन शासक के लिए और एस.एस. के लोगों के लिए हम कीड़े-मकोड़े से ज़्यादा नहीं हैं। यहूदी जाति के प्रति एस.एस. की दुर्भावनाओं का कारण ढूँढ़ते-ढूँढ़ते मैं **माइन काम्फ** के पन्नों में भटकने लगता हूँ। हिटलर के द्वारा लिखी गई इस किताब को तो बाइबिल मानते है नात्सी—और एस.एस. के लोग। पूरे का पूरा **माइन काम्फ** मेरे सामने खुला हुआ है। एक-एक करके इस पुस्तक में यहूदियों के प्रति जो घृणा व्यक्त की गई है, यातना और प्रताड़ना के जो खाके खींचे गए हैं वह मेरे मानस पटल पर उभरने लगते हैं। क्या कुछ नहीं कहा गया है यहूदियों को। मसलन—

"विश्व में सम्भवतः यहूदियों जैसे निकृष्ट लोग नहीं मिलेंगे।"

"यहूदी एक विशेष क़िस्म का **चालाक** बन गया है। वस्तुतः वह तो युगों से ही ऐसा धूर्त रहा है।"

"यहूदियों की बुद्धि का विकास हमेशा उनके हाथ लगनेवाली दूसरों की सांस्कृतिक उपलब्धियों के उपयोग से हुआ है, अन्यथा उनकी मौलिक उपलब्धि तो शून्य है।"

"उनमें किसी **आदर्श भावना** का कोई रूप ढूँढ़ने पर भी नहीं मिलता।"

"यदि कहीं दुनिया के किसी भाग में यहूदी ही हों तो केवल गन्दगी और दलदल में ही धँसे रहेंगे। वे एक-दूसरे का शोषण करेंगे तथा एक कड़े संघर्ष के माध्यम से एक-दूसरे का गला काटेंगे। वे केवल उस परिस्थिति में इस प्रवृत्ति को छोड़ पाएँगे, जब उनके सामने बलिदान करने के आदर्श को विकसित करनेवाला कोई बड़ा भारी सामूहिक ख़तरा खड़ा होगा। यहूदी केवल अपने स्वार्थ की बात को सुनता है। यही कारण है कि इसके राज्य के जातियों की सुरक्षा तथा समृद्धि के लिए एक शक्तिशाली साधन माने जानेवाली क्षेत्रीय सीमाएँ बिलकुल नई हैं।"

"यहूदियों की अपनी कोई संस्कृति नहीं है, हालाँकि उनकी बौद्धिक शक्तियाँ काफ़ी विकसित हैं। आज जिस संस्कृति पर यहूदी गर्व करते हैं, वह दूसरों की देन है और यहूदियों के हाथों में पड़कर वह देन दूषित हो रही है।"

"वे सामान्यतया दूसरों की बौद्धिक देन की चोरी करते हैं क्योंकि यहूदियों में मौलिक एवं सर्जक गुणों का तो नितान्त अभाव है।"

"नाट्यकला के क्षेत्र में भी यहूदी की भूमिका एक बाजीगर या यदि ठीक कहा जाए तो नकलची बन्दर की भूमिका से अधिक कुछ नहीं है।"

"इस जाति में तो आदर्श का लेशमात्र भी नहीं है और न ही वह कभी बंजारा रही है। वह तो हमेशा दूसरों के साधनों पर पलनेवाली (परजीवी) है। अगर उसने अपने कुछ निवास-स्थानों को छोड़ा भी है तो स्वेच्छा से नहीं, अपितु इन धूर्तों द्वारा किए जा रहे शोषण से तंग आए वहाँ के निवासियों ने इन्हें धक्के मार-मारकर निकाला। यहूदियत का विस्तार अपने आप में एक परजीवी संस्कृति का सजीव उदाहरण है। यहूदी अपने जाति के लोगों के लिए नए चरागाह नहीं बनाता, अपितु सदैव नए और बने बनाए चरागाहों की तलाश में रहता है।"

"वह तो जोंक के समान परजीवी है और सदैव परजीवी ही बना रहेगा। उसे जैसे-जैसे नया क्षेत्र सुलभ होता जाएगा, वैसे-वैसे ही वह अपने पैर फैलाता जाएगा। जिस तरह एक चमगादड़ जहाँ अपने आप को प्रतिस्थापित करता है वहाँ उपद्रव ही मचाता है, ठीक इसी प्रकार जो लोग यहूदी को आतिथ्य प्रदान करते हैं, वह एक दिन उन्हीं का ख़ून चूसता है।"

"यहूदी कदापि एक राष्ट्र नहीं है, अपितु वह तो एक मत है, जो एक बहुत बड़े झूठ पर टिका है।"

"यहूदी के पास तो जर्मन-चरित्र का लेशमात्र भी नहीं था। उसने केवल जर्मन-भाषा को तोड़-मरोड़कर बोलने की कला, वह भी बड़े निराशाजनक तरीक़े से सीख ली थी, अन्यथा उसमें जर्मन चरित्र को कोई अन्य लक्षण ढूँढ़ने पर भी नहीं मिलता था।"

"यहूदी किसी ईसाई लड़की से अपवाद रूप में ही शादी करते हैं। हाँ, इसके विपरीत ईसाई पुरुष यहूदी लड़कियों को पत्नी के रूप में अवश्य स्वीकार करते हैं। इस प्रकार के जोड़ों से उत्पन्न संकर सन्तान अपने आप को हमेशा यहूदी घोषित करती है। इस प्रकार से श्रेष्ठ जनों का पूर्णतया पतन होता रहता है।"

यहूदियों के चरित्र के विषय में इस प्रकार की एकांगी टिप्पणियाँ एवं अभिव्यक्तियाँ मुझे तो हिटलर की व्यक्तिगत कुंठा की परिणति प्रतीत होती हैं। बाल्यकाल में एवं किशोरावस्था में किन्हीं भी कारणों से यदि किसी कुंठा की गाँठ पड़ जाती है तो आगे चलकर वह नासूर बनकर ही फूटती है, उसके कम होने का प्रश्न ही नहीं उठता। **माइन काम्फ** में हिटलर ने अपने बाल्यकाल और किशोरावस्था में यहूदियों के प्रति जिन धारणाओं को स्थिर कर लिया था वे ही विष की थैली बनकर यहूदियों का जीवन आज ले रही हैं। हिटलर की बाल्यावस्था और किशोरावस्था के **माइन काम्फ** में उल्लिखित ऐसे प्रसंग मुझे अक्षरशः याद हैं। हिटलर के ही शब्दों में—"आज मेरे लिए यह कहना कठिन ही नहीं, बल्कि असम्भव ही है कि **यहूदी** शब्द ने सबसे पहले मेरे मस्तिष्क में कब और किस विचार विशेष को जन्म दिया। रियालशूल में मैं एक यहूदी लड़के को जानता था। हम उससे सम्बन्ध बनाने में बहुत चौकन्ने थे। इसका कारण केवल उसकी चुप्पी ही नहीं थी, अपितु उसकी कुछ हरक़तों ने भी हमें सावधान रहने की चेतावनी दी थी।"

"चौदह या पन्द्रह वर्ष की आयु से मुझे राजनीतिक विवादों में यहूदी शब्द अकसर सुनने को मिलता रहा। इन सन्दर्भों में थोड़ा विद्वेष का भाव उत्पन्न होता था और मैं इसके प्रति कटु भावना से नहीं बच पाता था। धार्मिक विवादों को सुनने पर तो यह कटुता और अधिक उग्र रूप ले लेती थी। उस समय मेरे मन में यहूदियों के बारे में कटुता को छोड़कर और कोई भाव नहीं था।"

"स्वच्छता, चाहे नैतिक हो या अन्य प्रकार की, यहूदियों के लिए उसका एक विशिष्ट अर्थ था। उन्हें देखकर अथवा बिना देखे ही पता चल जाता था कि वे स्नान से घबराते थे। खफतानों में छिपे उन लोगों की गन्ध से ही अकसर मेरी तबियत ख़राब हो जाती थी। इस प्रकार अस्त-व्यस्त वेशभूषा और गन्दे चेहरे ही यहूदियों की बाहरी पहचान थे। मैं जानता हूँ कि यह सारा विस्तृत विवरण आकर्षक नहीं है, परन्तु सबसे अधिक घिनौना पक्ष यह था कि उनके इस गन्देपन के भीतर ही दूसरों को एकाएक किसी उच्च जाति की नैतिकता का आभास मिलता था। जीवन के कुछ क्षेत्रों में यहूदियों की गतिविधियों से मुझे गम्भीर

यहूदी बंदी

चिन्ता हुई। धीरे-धीरे मैं इन रहस्यों की गहराई में जाने लगा। मैं यह देखकर दंग रह गया कि सांस्कृतिक जीवन का कोई ऐसा कुत्सित संस्थान नहीं था, किसी प्रकार की ऐसी कोई निकृष्टता नहीं थी, जिसमें यहूदी भाग न लेते हों? जिस प्रकार चाकू से कटे फोड़े से निकले सड़ाँध भरे ख़ून को चूसनेवाले कीड़े गन्ध से खिंचे वहाँ आ जाते हैं, उसी प्रकार जहाँ भी गन्दगी थी, वहाँ यहूदी दिखते थे। ऐसा लगता था कि जैसे गन्दगी और यहूदी का चोली-दामन का साथ था।''

''उसी समय एक ऐसी घटना घटी, जिससे मुझे जल्दी निर्णय करने में मदद मिली। मैंने विएना-जीवन के अन्य क्षेत्रों में घट रही घटनाओं के अर्थ उनके समूचे सन्दर्भों में खोलने शुरू कर दिए। ये घटनाएँ यहूदियों के बहुसंख्यक वर्ग द्वारा मान्य और व्यवहार में लाई जानेवाली नैतिकता की सामान्य धारणाओं से प्रेरित थीं। गलियों में जीवन के जिस रूप को मैंने पहले देखा था उसने मुझे सिखाया था कि बुराई वास्तव में क्या है? वेश्यावृत्ति जैसी सामाजिक बुराई में और विशेष रूप से श्वेतदास-व्यापार में यहूदियों की भूमिका का अध्ययन शायद दक्षिण फ्रांस के कुछ बन्दरगाहों को छोड़कर, पश्चिमी यूरोप के किसी भी दूसरे शहर की अपेक्षा यहाँ सबसे अच्छा हो सकता था। लियोपोल्ड स्टेट की गलियों में रात को जाते हुए, चाहे-अनचाहे, मोड़ पर कुछ ऐसे दृश्य देखने को मिलते थे, जिनके बारे में जर्मनवासी युद्ध से पूर्व कुछ भी नहीं जानते थे और बाद में तो पूर्वी मोर्चे पर इन दृश्यों को देखना सैनिकों के लिए एक मजबूरी बन गई। मेरा शरीर उस समय थरथरा उठा, जब मुझे पहले-पहल यह ज्ञात हुआ कि यह तो वही निर्मम और निर्लज्ज यहूदी था, जो बड़े शहरों में बड़ी चतुराई से कूड़े-करकट की तरह सामाजिक पतन की गन्दगी को फैला रहा था। तब तो मैं क्रोध से पागल हो गया।''

''यहूदी चरित्र को पूरे विस्तार से बताने में अब मुझे कोई हिचकिचाहट नहीं होती थी। नहीं, बिल्कुल नहीं, अब तो मैं ऐसा करने के लिए दृढ़ प्रतिज्ञ था। जैसे-जैसे मैं भिन्न-भिन्न सांस्कृतिक एवं और कलात्मक क्षेत्रों में यहूदी चरित्र की पहचान सीखता गया वैसे-वैसे मैंने निकृष्ट जीवन के सभी स्वरूपों में उसे हर जगह मौज़ूद पाया।''

"मैं उनके साथ जितनी अधिक बहस करता गया, मुझे उनके वाद-विवाद के तरीक़ों की उतनी अधिक जानकारी मिलती गई। प्रारम्भ में वे अपने विरोधी की मूर्खता पर निर्भर करते थे, परन्तु जब वे पूरी तरह भाँप जाते और उन्हें बचने का कोई रास्ता नहीं मिलता तो वे मासूम और भोले बनने का नाटक करने की चाल चलते हैं। इसमें असफल होने पर अपने विरोधी के तर्क की सूक्ष्मताओं को भली प्रकार समझने के बावजूद भी वे यह दर्शाते थे कि उन्हें विरोधी का तर्क समझ ही नहीं आया और फिर चर्चा का रूप ही किसी दूसरी तरफ़ मोड़ देते। वे किन्हीं महापुरुषों के प्रामाणिक वाक्य प्रस्तुत करते और यदि प्रतिपक्षी उन युक्तियों को मान जाते तो उन्हें अन्य समस्याओं और विषयों पर भी लागू करते, जो वस्तुतः मूल विषय से बिल्कुल ही अलग तरह के होते। यदि विरोधी उनके इसी तर्क से उनका सामना करते तो वे फिर खिसक जाते और तब उनसे कोई सूक्ति नहीं कहलवाई जा सकती थी। जब किसी ने इन धर्मावलम्बियों में से किसी को कसकर पकड़ने का प्रयास किया भी तो उसके हाथ निराशा के अतिरिक्त और कुछ नहीं लगा। मान लीजिए कि किसी एक यहूदी ने किन्हीं दर्शकों की उपस्थिति में आपके तर्क के सामने हार मान भी ली और आपने सोचा कि आख़िरकार मैदान मार लिया तो अगले दिन आपको यह देखकर अचम्भा होगा कि वही यहूदी इस प्रकार भुलक्कड़ बन जाएगा, जैसे कि पिछले दिन कुछ हुआ ही नहीं। वह अपनी थोथी युक्तियों को दोहराते हुए फिर से अपनी बात को इस प्रकार शुरू करेगा, जैसे कि वह कोई नई बात कह रहा हो। यदि आप रुष्ट हो जाएँगे और उसे कल की पराजय याद कराएँगे तो वह हैरान होने का ढोंग करेगा और बताएगा कि उसे तो केवल यही याद है कि उसने अपने कथन को सत्य सिद्ध कर दिया था। यहूदियों के इस व्यवहार पर मैं कई बार तो स्तब्ध रह जाता था। मुझे मालूम नहीं कि उनके शब्द प्रपंचों के ढेर से या फिर अपने झूठ पर पर्दा डालने के उनके कलात्मक तरीक़ों से ज़्यादा हैरान होता था, परन्तु यह तो निश्चित था कि मेरी हैरानी धीरे-धीरे घृणा में बदलती गई।"

जीवन के शुरूआती दौर में घटी छोटी-मोटी बातें व्यक्ति पर कितनी

अमिट एवं एकांगी प्रभाव पैदा कर देती हैं, उसे कितना पूर्वग्रही बना देती हैं, यह हिटलर और यहूदियों के सम्बन्धों से समझा जा सकता है। हिटलर के मनोविज्ञान का गहन विश्लेषण होना चाहिए।

तभी धमाका होता है। मेरी तन्द्रा भंग हो जाती है। एक सनसनाती हुई गोली की आवाज़ के साथ मैं वापस यहूदी ब्लाक में आ जाता हूँ। आतंक के ज़रिए पूरे कैम्प के बन्दियों को अनुशासन में रखने के लिए अकारण कई यहूदियों की लाश गोलियों की बौछार से बिछा दी जाती है। यह तो आए दिन की कहानी है। उनकी लाशों से अपनी नज़र हटाकर मस्टरिंग ग्राउंड के ठीक नीचे स्थित बैरक के चारों ओर की कतारों का मैं आँखों से निरीक्षण करता हूँ और हड्डियों का ढाँचा मात्र रह गए यहूदी बन्दियों को वहाँ पड़ा हुआ देखता हूँ। यहूदी बन्दियों को एक ख़ास अवधि के लिए ही जीवित रखा जाना है, और वह ख़ास अवधि है जब तक उनमें मज़दूरी करने के लिए दम बचा रहता है। यह मज़दूरी भी उन्हें ज़बरन देनी है और विशेष यातनाएँ सहन करनी हैं। विशेष यातनाएँ सहते हुए ज़बरन मज़दूरी करने में जैसे ही वह अक्षम हो जाते हैं वैसे ही उसे मौत का विकल्प दिखा दिया जाता है। बिना कोई प्रतीक्षा किए उसे मार डाला जाता है। पूरे शिविर में परिवहन दल के रूप में कार्य करता है यहूदी। परिवहन की गाड़ियों में घोड़ों की जगह यहूदी जुते हुए हैं। एस.एस. के लोगों के लिए गाते हुए घोड़े हैं यहाँ। विभिन्न कैम्पस में यहूदी छोटे-छोटे दल के रूप में सफ़ाई का काम कर रहे हैं। अधिकांश शिविरों में यहूदी लैट्रीन साफ़ कर रहे हैं। क्रिमेट्री के पास लाशों को भी यहूदी ही ढो रहे हैं। यहूदियों का पूरा समाज यहाँ बिना किसी भेदभाव के आतंकवाद का शिकार है। उनमें कलाकार, राजनीतिज्ञ, डॉक्टर, अध्यापक, वैज्ञानिक, वकील सभी शामिल हैं।

उनकी पहचान है सिर्फ़ यहूदी होना। सामूहिक नरसंहार भी सबसे ज़्यादा यहूदी जाति का हो रहा है। यहूदियों के लिए न पीने के लिए पानी है, न भोजन है। सामान्य स्वच्छता की सुविधाओं से भी वंचित हैं वह। यहूदी क़ैदियों के पास जो कुछ भी था वह लूट किया गया है। भोजन और पानी से वंचित वह यहाँ तड़प-तड़पकर मरने के लिए ही हैं। टाइफाइड की बीमारी ने भी यहूदियों को ही सबसे ज़्यादा लीला है। यातनाओं के बीच शारीरिक रूप से अक्षम यहूदी इस स्थान पर अपने अन्तिम समय का इन्तजार कर रहे हैं।

आशा की थोड़ी टिमटिमाती हुई लौ कहीं दिखाई दे रही है। मानवता के बचाव के लिए संगठित प्रतिरोध की योजना कहीं बन रही है। बदहवास-सा मैं स्मृतियों की निराश बैसाखियों के सहारे कॉन्सॅन्ट्रेशन कैम्प का चप्पा-चप्पा छान रहा हूँ। खोज लेता हूँ वह जगह। जर्मन राजनीतिक बन्दियों के लिए बनाया गया ब्लाक नं. 38 है यह। जर्मन राजनीतिक बन्दियों का जीवन भी शुरू में अन्य क़ैदियों की तरह ही बहुत कठिन था। परन्तु बाद में इन बन्दियों को कुछ सुविधाएँ मिल गईं। सँकरे एवं उमस भरे, रहने के स्थान से थोड़ी राहत है यहाँ। शिविर के अन्दर ही प्रत्येक प्रशासनिक प्रक्रिया में उनका प्रभाव मैं देख रहा हूँ। प्रतिरोध के नाम पर जर्मन राजनीतिक बन्दियों द्वारा अनौपचारिक समूहों का गठन किया गया है। साम्यवादियों ने अपनी भूमिगत कार्यवाहियों को यहाँ भी अंजाम दे डाला है। उन्होंने गठित कर लिया है एवं विकसित कर लिया है एक अन्तर्राष्ट्रीय बचाव स्थान। एस.एस. के लोगों की युद्ध में व्यस्तता का लाभ उठाकर उन्होंने गुप्त रूप से हथियार इकट्ठा कर लेने में भी सफलता प्राप्त कर ली है। संख्या में 10 से अधिक यूरोपीय देशों के बन्दी भी इनमें शामिल हैं और उसका केन्द्र

बना है ब्लॉक नं. 38 का प्रथम तल। विभिन्न पृष्ठभूमि से आए बन्दियों से बना हुआ यह अन्तर्राष्ट्रीय शिविर कॉन्सॅन्ट्रेशन कैम्प में चल रहे जंगल राज को रोकने के लिए योजनाएँ बना रहा है। लोगों को अमानवीय स्थितियों से उबारने की कोशिश में लगा हुआ है। परन्तु सारी कोशिशों का फल है समुद्र में एक बूँद पानी की तरह मिली सफलता। असफलता, निराशा और दमन के शाश्वत अँधियारे में भी इस संगठन के सीने पर सैकड़ों बच्चों और नौजवानों को यातना से बचा लेने का तमगा चमक रहा है।

इसकी चमक से नहाया हुआ दिख रहा है बच्चों और नौजवान बन्दियों का ब्लाक नं. 8। जैसे-जैसे जर्मनी का अन्य देशों के भू-भागों पर कब्जा होता जा रहा है, वैसे-वैसे क़ैदियों की संख्या भी बढ़ती जा रही है। इनमें नौजवान और बच्चे सबसे ज़्यादा हैं। इनमें यहूदी, सिन्टी, रोमन जिप्सी और पोलैंडवासियों की भरमार है। क्योंकि एस.एस. के लोगों की जनशक्ति के रूप में इन लोगों को इस्तेमाल करने में विशेष रुचि नहीं रह गई है, इसलिए बहुत बड़ी संख्या में बच्चों और नौजवानों को **'इक्सटर्मिनेशन ऑपरेशन'** का शिकार बनाया जा रहा है और इसीलिए उन्हें चुना जा रहा है। प्रतिरोधी संगठन चिन्तित है। उन्हें बचा लेने के लिए व्यूह की रचना कर रहे हैं। उन्हें सफलता मिल गई है। एस.एस. के लोगों को कन्विंस कर लिया गया है कि इन नौजवान लोगों को प्रशिक्षण दिया जाना ज़्यादा उपयोगी है। कमउम्र के बच्चों को उन्होंने आसान एवं हलके शारीरिक श्रमवाले दलों में शामिल कर दिया है। बहुत से लोगों को उन्होंने छुपा लिया है। बचाव और प्रतिरोध के काम को वह आगे बढ़ा रहे हैं। यूक्रेन और रूस से आनेवाले 160 नौजवानों के लिए अलग से रहने के लिए स्थान दिलाने में भी वह सफल हो गए

"Yushu", the younges
among the children wh
survived Buchenwald

युशु; अप्रैल 1945 में बुखेनवाल्ड में जीवित बचा हुआ सबसे छोटी उम्र का बच्चा

हैं। यह स्थान है पहले महामारियों से बचाव के लिए बनाया गया ब्लाक नं. 8। ब्लाक प्रतिनिधि फेजलेटनर और व्हेलनअमौन के दिशानिर्देश में इस ब्लाक में काम करते हुए क़ैदियों ने सैकड़ों बच्चों और नौजवानों को बचाया है। इन दोनों ब्लाक प्रतिनिधियों की सकारात्मक प्रतिबद्धता के कारण यह सब सम्भव हुआ है। प्रतिरोधी संगठन का सहयोग भी अमूल्य है। ब्लाक नं. 66 में, दूसरे बच्चों का ब्लाक जो खोला गया था उसमें भी उसी तरह हज़ारों बच्चे और नौजवानों के जीवन की रक्षा हुई। चार वर्ष का युशु अपना आगे का जीवन जीने के लिए बचा हुआ है। उसे नहीं मालूम है कि मौत की चक्की से कितनी-कितनी कठिनाइयों के बाद उसके जीवन को बचाया गया है। मैं देख रहा हूँ कि बच्चा मुस्करा रहा है। उसकी मुस्कराहट के पीछे प्रतिरोधी संगठन के लिए धन्यवाद का भाव छिपा हुआ है। वास्तव में अस्तित्व के लिए निरन्तर चलनेवाले संघर्ष को सबल बनाने के लिए, क़ैदियों के भिन्न राजनैतिक संगठनों ने पारस्परिक सहयोग के लिए जिस प्रकार से समितियों का गठन कर रखा है, वह एक तरह से हताश और अँधियारी रात में प्रकाश फैलाने जैसा ही है। मैं जानता हूँ कि यहाँ के दमनकारी एवं क्रूर वातावरण में किसी वास्तविक क्रान्ति की उम्मीद नहीं है। जहाँ मृत्यु का कर्फ्यू चल रहा हो, विचारों की मौन अभिव्यक्ति तक पर भी कड़ा पहरा हो, वहाँ इस प्रकार की सफलताएँ किसी क्रान्ति से बढ़कर मुझे महसूस हो रही हैं। सफलता और असफलता की कहानी को यदि परे छोड़ दिया जाए तो भी महज बातचीत, रोटी के टुकड़ों को बाँटकर खाना, अपनेपन की एक नज़र, या उत्साह का एक शब्द भी क़ैदियों के मनोबल को काफी उछाल देनेवाला साबित हो रहा है। मेरी ही तरह न जाने कितने लोगों का मनोबल बढ़ रहा है वहाँ मुझे आसपास अपनेपन, उत्साह, आशा और मनोबल की चिंगारियाँ उड़ती हुई दिखाई देने लगती हैं। परन्तु चिंगारी को आग बनानेवाले साहस का बारूद यहाँ मौजूद नहीं है। निराशा और दानवता की घनघोर बारिश में उत्साह की यह चिंगारी अगले ही क्षण दम तोड़ देती है और राख बनी हुई पड़ी मिलती है ब्लाक नं. 457 पर।

सिन्टी और रोमन जिप्सी बन्दियों का शिविर है यह। जर्मनी में फासीवाद के उन्मूलन के लिए चलाए गए अभियान के दौरान बन्दी बनाए गए थे यह। कठोर श्रम लेने में उनके साथ भी कोई सहानुभूति नहीं है एस.एस. के लोगों की। चूने पत्थर की खदान में खुदाई करते हुए तथा पत्थर ढोते हुए सैकड़ों रोमन जिप्सी समुदाय के लोगों को काल का ग्रास बनते हुए मैंने देखा है। जिन्हें भी पत्थर तोड़ने और सुरंग बनाने के काम में लगाया गया, उनमें से जीवित बचनेवालों की संख्या बहुत कम है।

अभिशप्त क्वैरी ने यदि सबसे ज़्यादा ख़ून पिया है तो वह रोमन जिप्सियों का ही है। ईटर्सबर्ग की पहाड़ी पर स्थित चूना पत्थर की इस खदान को मैं भूल नहीं पा रहा हूँ। सड़क के समतलीकरण और कैम्प के निर्माण कार्यों के लिए यह आवश्यक सामग्री उपलब्ध कराए जाने का स्थान है। बुखेनवाल्ड में बन्दियों को शारीरिक यातना देने के जितने तरीक़े इस्तेमाल किए जाते हैं, उनमें से इस खदान में दी जानेवाली यातना कठोरतम है। बन्दी छोटे-छोटे दलों में बँटे हुए पत्थरों को तोड़ते हैं, उनको प्रोसेस करते हैं और फिर प्रारम्भिक प्रयोग में लाए जाने के लिए उसको एक स्थान से दूसरे स्थान पर ढोते हैं। बन्दियों के साथ बुरा व्यवहार किए जाने के लिए यह स्थान कुख्यात है। बहुत बड़ी संख्या में लोगों की हत्याएँ इस क्वैरी में आए दिन होती रहती है। वास्तविकता को छिपाने के लिए एस.एस. के लोगों द्वारा कहा यह जाता है कि भागने का प्रयास करनेवाले क़ैदियों को ही मारा जाता है। विभिन्न देशों के बन्दी बनाए गए महत्त्वपूर्ण राजनीतिज्ञों की हत्या इस क्वैरी में होते हुए मैंने देखी है। आस्ट्रिया के न्याय मंत्री डॉ. राबर्ट विन्टरस्टीन यहाँ के अन्याय के शिकार हुए। म्यूनिख में हिटलर पर हुए घातक प्रहार का बदला लेने के उद्देश्य से एस.एस. के फायरिंग स्क्वायड ने 21 यहूदी बन्दियों के दल को गोलियों से भून दिया था। यह चूने पत्थर की खदान क़ैदियों की कब्रिस्तान है। मैं देख रहा हूँ कि यहाँ पर शारीरिक यातनाओं के साथ श्रम करते हुए बहुत बड़ी संख्या में रोमन जिप्सी टूट चुके हैं। शारीरिक विकलांगता का शिकार हो गए हैं। उनमें पैदा हुई शारीरिक विकलांगता और अक्षमता ने उन्हें क्वैरी की प्रताड़नाओं

अभिशप्त क्वैरी

से आगे आनेवाले दिनों के लिए मुक्ति दिला दी है। उनकी मुक्ति केवल इस खदान में काम करने से हुई है। उनको जीवन से मुक्ति देने की व्यवस्था भी एस. एस. के लोगों ने कर दी है। शारीरिक रूप से अक्षम हो गए ऐसे हज़ारों के ऊपर रोमन जिप्सियों और उनके बच्चों को आशवित्स भेजने की तैयारी चल रही है। आशवित्स में उनका अन्त और भी बुरा है। मुझे मालूम है कि बारह सौ के ऊपर सिन्टी व रोमन जिप्सी व उनके बच्चे गैस चैम्बर में डालकर मार दिए गए हैं। आशवित्स से स्थानान्तरित होकर यहाँ आए कितने क़ैदियों के मुँह से मैंने गैस चैम्बर के दर्दनाक हादसे को सुना है। उसी प्रकार की मौत के मुँह में ढकेले गए होंगे यहाँ से जानेवाले रोमन जिप्सी और उनके बच्चे।

गैस चैम्बर में मौत का दृश्य मुझे दिखाई दे रहा है। लोगों को तहख़ाने में ले जाया जा रहा है। उन्हें बताया यह जा रहा है कि यह स्नानघर है। वास्तव में यह तहख़ाने गैस के कक्ष हैं। जिनमें से प्रत्येक पर धातु का बना गैस निरोधी दरवाज़ा लगा है। लोगों को तहख़ाने में भेजकर गैस के कण अन्दर डाले जा रहे है। पच्चीस मिनट के बाद एक्जास्ट पम्पों के जरिए गैस भरी हवा निकालकर धातु का दरवाज़ा खोल दिया जाता है। पूरा तहख़ाना लाशों से पटा हुआ है। पन्द्रह हज़ार लोगों को एक दिन में इन गैस चैम्बरों में मार दिए जाने की व्यवस्था है।

ज़हरीली गैस पूरे वातावरण में फैलती हुई दिख रही है मुझे। दिमाग़ की नसें फट-सी गई हैं। मेरी याददाश्त मूर्च्छित होती जा रही हैं। गैस चैम्बर में हज़ारों लोगों को तड़प-तड़पकर मरता हुआ छोड़कर मैं स्मृतियों की काली सड़क से सरपट भागता हुआ आशवित्स से बुखेनवाल्ड चंद सेकंडों में पहुँच जाता हूँ और देख रहा हूँ रूसी युद्ध बन्दियों की सामूहिक हत्याओं का नज़ारा।

यहूदियों के बाद क्रूरतम यातनाओं के सबसे .ज्यादा शिकार रूसी हुए। रूसी युद्ध बन्दियों के लिए एक अलग, विशेष प्रकार का शिविर खड़ा किया गया है। दुर्व्यवहार की वही पुरानी कहानी उनके साथ भी दोहराई जा रही है। ठंडी जलवायु के आदी रूसी युद्ध बन्दियों को ज़बरन धूप में खड़ा रखकर सूरज की तपिश से मौत की नींद सुलाया जा रहा है। यातना और बीमारियों से मरनेवालों की गिनती भी मुश्किल है। धूप में झुलसे हुए सैकड़ों लोग जीवन की अन्तिम साँसें ले रहे हैं। यहीं से शुरूआत होती है रूसी युद्ध बन्दियों की सुनियोजित सामूहिक हत्या की। हज़ारों की संख्या में छोटे-छोटे टुकड़ों में बाँटकर रूसी युद्ध बन्दी डेथ मार्च के लिए बढ़ रहे हैं। डेथ मार्च अपनी मंजिल पर पहुँच गया है। एस.एस. के लोगों के आदेशों के उल्लंघन की प्रतिक्रिया है यह। रूसी युद्ध बन्दियों के लिए बनाए गए विशेष शिविर कॉन्सॅन्ट्रेशन कैम्प की वह जगह है जहाँ खुले तौर पर एस.एस. के आदेशों के उल्लंघन करने की जुर्रत आए दिन दिखाई देती है। खुले तौर पर आदेशों के उल्लंघन का परिणाम है, खुली मौत की दावत। जिस स्तर का उल्लंघन है, उस स्तर का मृत्यु देने का तरीक़ा भी। डेथ के लिए मार्च करते हुए लोगों में जीवन के लिए कोई ललक नहीं है। जीवन और मृत्यु का भेद यहाँ लुप्त है। जीवन .ज्यादा दर्दनाक है मृत्यु से। रूसी युद्ध बन्दियों के साथ मैं हार्स स्टेबल में पहुँच गया हूँ। यहाँ योजनाबद्ध तरीक़े से सोवियत युद्ध बन्दियों की सामूहिक हत्याओं के काम को अंजाम दिया जा रहा है। उनकी गर्दनों को निशाना बनाया जा रहा है। यह स्थान पहले अस्तबल था। ईंटों का बना हुआ यह भवन 55 मीटर लम्बा है। अस्तबल की पुरानी आन्तरिक संरचना को परिवर्तित कर दिया गया है। उसे इस प्रकार बना दिया गया है कि मारनेवाले और शिकार आपस में

मिल नहीं सकते और एक-दूसरे को देख भी नहीं सकते। पृथक् कमरे में बनाए गए छेद से क़ैदियों पर गोली चलाई जा रही है। शिकार केवल गोली की आवाज़ सुन सकता है। भवन के चारों तरफ़ सैनिक मार्च चल रहा है। जब भी इस प्रकार का सैनिक मार्च होता है, सामूहिक हत्याकांड में हज़ारों लोगों की बलि चढ़ना निश्चित है। सैनिक मार्च डेथ-मार्च का संकेत है। मैं जानता हूँ लगभग 8 हज़ार से अधिक रूसी क़ैदियों की हत्याएँ इस प्रकार की जा चुकी हैं। भवन के पूर्व दिशा में इकट्ठी हुई लाशों के इस ढेर को कटैनर्स में भरकर क्रिमिटेरियम में ले जाया जा रहा है।

डेथ मार्च और हार्स स्टेबल के दर्दनाक दृश्यों ने मेरी स्मृतियों को बुरी तरह घायल कर दिया है। सोचने-समझने की शक्ति लुप्त होती जा रही है। घावों की गहराई और न बढ़ने पाए इसीलिए मैं डेथ मार्च को ज्यों-का-त्यों वहीं छोड़कर पहुँच जाता हूँ लघु शिविर में बने हुए एक दूसरे घोड़ों के अस्तबल में।

डेथ मार्च के दर्दनाक दृश्य से घायल मेरी स्मृति लघु शिविर में बने हुए घोड़ों के अस्तबल में कराह रही है। यही तो वह जगह है जिसको सांख्यिकी विभाग ने कैम्प-कैम्प का नाम दिया है। लघु शिविर ही है यह। सेना के घोड़ों के अस्तबल के लिए थी यह जगह, जिसमें खिड़कियाँ नहीं हैं। घोड़े एस.एस. के लोगों के लिए ज़्यादा महत्त्वपूर्ण हैं। घोड़ों के लिए बेहतर जगह निर्धारित की गई है। बन्दियों को रखने के लिए यह जगह खाली करा ली गई है। जितनी जगह में एक घोड़ा रहता था उतनी जगह में पाँच-पाँच बन्दियों के रहने की व्यवस्था की गई है। इन्हीं अस्तबलों के बीच में एक सँकरा लम्बा रास्ता बना हुआ है। दो से ढाई फीट ऊँची और चार फीट लम्बी लकड़ियों की रैक बना

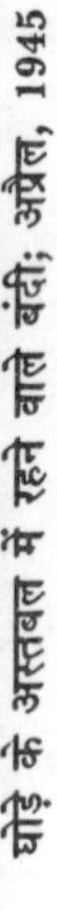

घोड़े के अस्तबल में रहने वाले बंदी; अप्रैल, 1945

दी गई है। एक-एक रैक में तीन-तीन बन्दियों को अपनी रातें गुज़ारनी हैं यहाँ।

तीन से चार स्टोरी की इन रैक्स में जानवरों की तरह क़ैदी भरे हुए हैं। मुर्गी के दड़बों की तरह रहने की जगह में न तो पीने के पानी का पाईप है और न ही कड़ाके की ठंड से कमरे को गरम रखने के लिए पर्याप्त अँगीठियाँ ही हैं। थोड़े से स्टोव, गरमी का मानसिक आभास देते हुए इधर-उधर पड़े हुए हैं। क़रीब 1200 से 1700 लोग घोड़ों के अस्तबल के इस बैरक में ही भरे हुए हैं। कँटीले तारों से बनी हुई चारदीवारी से इस लघु शिविर को घेर दिया गया है। इस उमस भरे अस्वास्थ्यकर वातावरण के बीच मैंने इस कैम्प को बीमार और मरते हुए लोगों का गवाह बनते हुए देखा है। हज़ारों लोगों को भूख और ठंडक से मार देनेवाला जल्लाद है यह कैम्प। बीमारी की खेती होती है यहाँ।

बीमारियों से अपने को बचाने के लिए चिन्तित लोगों का झुंड अस्पताल में इकट्ठा दिखाई देता है। मैं अपनी बीमार स्मृति के साथ इस अस्पताल की टोह लेने लगता हूँ।

कैम्प कमांडेंट कार्लकोच का भयानक चेहरा इस अस्पताल में आने वाले बन्दियों की हँसी उड़ा रहा है। उसके कहे शब्दों की गूँज मेरे कानों के परदे फाड़ रही है। वह कह रहा है, "मेरे कैम्प में कोई बीमार आदमी नहीं है। केवल वही हैं जो मर गए हैं अथवा जो जीवित हैं।" कैम्प के मुखिया का बीमार लोगों के प्रति यह दृष्टिकोण ! मैं समझ गया हूँ कि बीमारों के इलाज के लिए यहाँ पर तिनके-भर की चिन्ता नहीं है। इस कॉन्सॅन्ट्रेशन कैम्प में बन्दियों के लिए विकल्प है—शीघ्र स्वास्थ्य लाभ अथवा मृत्यु। एस.एस. के लोगों को क़ैदियों को जिन्दा रखना है केवल इसलिए ताकि उनसे मज़दूरी कराई जा सके। बीमार आदमी क्योंकि

मज़दूरी करने में असमर्थ है इसलिए उनका उपयोग नहीं है। इसीलिए उसको मौत की दवा दे दी जाती है। बीमार लोगों की हत्या कर देना यहाँ दिन-प्रतिदिन के जीवन का एक अंग है। इसलिए बीमार आदमियों की देखभाल करना क़ैदियों की चिन्ता का विषय है। मुझे मालूम है कि इस अस्पताल की स्थापना एस.एस. के लोगों की सदाशयता का परिणाम नहीं है बल्कि राजनीतिक बन्दियों द्वारा कई वर्षों तक लगातार किए गए प्रयासों का परिणाम है। इस अस्पताल में 6 बैरक एवं एक तहख़ाना है। स्वागत कक्ष, ऑपरेशन थिएटर, फार्मेसी, लेबोरेटरी, टीबी बैरक—सभी जगह मुर्दनी छाई हुई है। चिकित्सा के नैतिक सिद्धान्त सूली पर लटके हुए हैं। टीबी के मरीज़ों को इंजेक्शन देकर मारने की शुरूआत यहीं बुखेनवाल्ड में हुई। अपने शीघ्र स्वस्थ होने की उम्मीद लिये हुए टीबी के मरीज़ को यह नहीं मालूम कि उसे जीवन देने के लिए नहीं बल्कि मौत के समीप पहुँचाने के लिए इंजेक्शन लगाया गया है। ऐसे न जाने कितने टीबी के मरीज़ अपने स्वस्थ होने की उम्मीद लिये मौत की नींद में सुला दिए गए हैं। डॉक्टरों के हाथ की सुई से मौत के वारंट जारी हो रहे हैं। चिकित्सा विज्ञान स्तब्ध है। हिप्पोक्रेट के आदर्शों की धज्जियाँ उड़ाने में डॉक्टरों का दल भिड़ा हुआ है। रक्षकों को भक्षक का कर्तव्य निभाते हुए देखकर हिप्पोक्रेट की आत्मा किंकर्तव्यविमूढ़ है।

टीबी के मरीज़ों का भविष्य देखकर मेरे रोंगटे खड़े हो गए हैं। अस्पताल के रिसेप्शन में क्षण-भर के लिए ठहरता हूँ। मैं देख रहा हूँ कि एक वरिष्ठ बन्दी को यहाँ पर गेटकीपर का काम सौंपा गया है। वह आनेवाले बन्दियों की प्रारम्भिक जाँच-पड़ताल कर रहा है। इलाज के लिए बन्दियों का चुनाव कर रहा है। सब बीमारों का इलाज होना यहाँ असम्भव है। जिन बन्दियों को वास्तव में शारीरिक श्रम से बचने की जरूरत है उन्हें समय से रिसेप्शन पर पहुँचना होता है। वरिष्ठ बन्दी द्वारा इलाज के लिए चुने गए बन्दियों का एस.एस. कैम्प के डाक्टर दुबारा इलाज के लिए चयन करते हैं एवं उनका परीक्षण करते हैं। बन्दियों को तमाचे मारते हैं, जूतों से ठोकर मारकर गिरा रहे हैं। उनको घृणा, तिरस्कार का व्यवहार दे रहे हैं। जो इस यातना से बचने के लिए

बंदियों का अस्पताल; अप्रैल, 1945

भाग नहीं रहे हैं, उन्हें ही इलाज के योग्य माना जा रहा है। इलाज के पूर्व दी जानेवाली उन यातनाओं ने मेरी आत्मा को तार-तार कर दिया है। विदीर्ण मन में और गहरी बीमारी लिये हुए अस्पताल से घिसटकर बाहर निकलता हूँ।

सामना होता है—वश में आनेवाले, एस.एस. के लोगों के लिए उद्दंड बने बन्दियों से निपटनेवाले कैम्प का।

ब्लाक नं. 36 है यह। कॉन्सॅन्ट्रेशन कैम्प के हर शिविर के बन्दी पानी, भोजन से वंचित किए जाने, पेड़ों पर लटकाए जाने तथा ड्रिल के भय से आतंकित रहते थे। लेकिन यहाँ इस कम्पनी में इस प्रकार की कार्यवाही प्रतिदिन के जीवन का हिस्सा थी। इस प्रकार की यातना यहाँ निरन्तर दी जाती है। समलैंगिक, पोल्स, रूसी और यहूदी इनसे विशिष्ट रूप से प्रभावित हैं। किसी भी बन्दी के ऊपर यदि जरा भी शक हुआ कि वह प्रतिरोध कर रहा है तो उसे यहाँ डाल दिया जाता है। मुझे मालूम है कि इस कम्पनी के अलावा एक और 'के' कम्पनी की स्थापना कर दी गई है। उद्देश्य यह है कि मार्शल लॉ और यहूदी अर्थ व्यवस्था के विरुद्ध अपराध करनेवालों को दंडित किया जा सके। 'के' एवं दंड देनेवाली यह कम्पनी इस कैम्प में कठोर यातना देने का प्रतीक है। इन दोनों कम्पनियों के ब्लाक आसपास हैं और दोहरे कँटीले तारों से घेरकर उन्हें अलग किया गया है। इन कम्पनियों में रहने वाले बन्दियों के काम के घंटे जब समाप्त हो जाते हैं तो उन्हें दूसरे बन्दियों से मिलने भी नहीं दिया जाता। इन्हें कैंटीन से भी सामान ख़रीदने का अधिकार नहीं है। न तो वह पैसा रख सकते हैं और न ही स्मोक कर सकते हैं। दंड के रूप में कठोर शारीरिक श्रम लिया जाता है इनसे। सुबह से लेकर जब तक रात में यह सो नहीं जाते तब तक उन्हें लगातार बेरहमी से पीटा जाता है। सुबह से शाम तक चलनेवाली शारीरिक और मानसिक यातना से टूटे पड़े हुए हैं लोग। यातना की इस जघन्यता का साक्षात्कार असह्य है। अपनी स्मृतियाँ समेटकर मैं यहाँ से भाग खड़ा होता हूँ और घुस जाता है बन्दियों की कैंटीन में।

यहाँ बहुत से बन्दियों को दिन प्रतिदिन की आवश्यकताओं में काम आनेवाले अतिरिक्त सामानों को खरीदने का अवसर मिल जाता

है। एस.एस. के लोग सस्ते सामानों को ख़रीदते हैं और उन्हें महँगे दाम पर बन्दियों को बेचते हैं। यहाँ कैम्प में उत्पादित वस्तुओं को भी बेचा जाता है। उनका उद्देश्य यह है कि क़ैदियों को उनके रिश्तेदारों से जो पैसा मिलता है उसे भी किसी-न-किसी तरह से ऐंठ लिया जाए। प्रत्येक बैरक में एक क़ैदी कैंटीन से सामान खरीदने का प्रभारी है। उसे ही 'ब्लाक-बायर' या 'कैंटीनियर' कहते हैं। बन्दियों को शॉपिंग बाउचर (कैम्प मनी या बोनस मनी) का इस्तेमाल करने को भी सुविधा है। कैंटीन भी एक तरह से बन्दियों के साथ धोखा है। हम यहाँ रोटी या फल नहीं खरीद सकते। यहाँ पर केवल सब्ज़ियों के सॉस, टूथपेस्ट, जूतों के फीते और सी-सेल पेस्ट ही उपलब्ध हैं। कभी-कभी आलू का सलाद, सिगरेट और तम्बाकू भी मिल जाता है। परन्तु ऐसे अवसर बहुत ही कम आते हैं। मैं कैंटीन के नीचे बने हुए तहख़ाने में झाँकता हूँ। मैं देख रहा हूँ कि वहाँ बन्दी साबुन और दूसरे प्रसाधन की सामग्रियों को तैयार कर रहे हैं। तहख़ाने में काम करनेवाले बन्दियों का यह दल है, 'हैंड ग्रेनेड' और 'मोलताव काकटेल' बनाने का प्रयोग भी चोरी छिपे कर रहा है। यह चीजें वे प्रतिरोधी संगठनों के लिए मुहैया कराना चाहते हैं। कैंटीन में न तो मेरी भूख शान्ति करने के लिए कुछ है और न ही प्रसाधन के शौकीन मेरे व्यक्तित्व को निखारने के लिए कोई चीज़ है। अपने पास इकट्ठा पैसों से थोड़ा बहुत ही सामान लेकर मैं लुटा हुआ-सा कैंटीन से बाहर आता हूँ।

रात की रोशनी में पूरा कैम्प नहाया हुआ है। मेरी निगाह शिविर में बनाए गए वाच टावरों पर जाती है। शिविर की गतिविधियों और गार्डों की देखभाल के लिए पूरे 22 वाच टावर इस कैम्प में बनाए गए हैं। पूरे कैम्प के तीन किलोमीटर के क्षेत्र को बिजली के तारों से घेर रखा है। एस.एस. गार्ड यूनिट के 3 सन्तरी प्रत्येक टावर पर तैनात हैं। हैवानियत भरी कार्यवाहियाँ उनकी दिनचर्या का सामान्य अंग हैं। बिजली के तारों से घिरी हुई चारदीवारी के अन्दर की तरफ़ 'न्यूट्रल जोन' बना हुआ है। एस.एस. गार्ड यूनिट के सन्तरियों को यह अधिकार है कि इस पर पैर रखनेवाले किसी बन्दी को बिना किसी चेतावनी के गोली से उड़ा दिया जाए। मुझे मालूम है कि इस जोन में

पैर रखनेवाले बन्दियों को आए दिन गोलियों से उड़ाए जाने में संकोच नहीं किया जाता है। वाच टावरों की ऊँचाई और बिजली के तारों के घेर, एक क्षण के लिए भी किसी बन्दी को स्वतन्त्रता के सुख का, एहसास नहीं करने देते। करेंट यहाँ दौड़ तो रहा है बिजली के तारों में परन्तु उसका झटका क्षण-प्रतिक्षण प्रत्येक बन्दी अपने शरीर और दिमाग़ में महसूस करता रहता है।

कहीं भी, किसी भी समय चैन नहीं है। हर तरफ़, हर समय, दर्द, निराशा और वेदना मिल रही है। सुबह से लेकर शाम तक परिश्रम करने के बाद स्मृतियों की काली नदी में तैरते हुए मैं कब बैरक में वापस आ जाता हूँ, इसका मुझे पता ही नहीं चलता। मैं अपने आप को समझाता हूँ कि पीछे जाने से, बीते हुए दिनों को याद करने में पीड़ा ही बढ़नी है। परन्तु काल के घातक और क्रूर प्रहारों से बिंधा हुआ मेरा दिल एवं दिमाग़ बार-बार स्मृतियों के गड्ढे में डूब जाता है। पुरानी यादों का जलजला एक बार फिर हाहाकार करता हुआ मुझे कॉन्सॅन्ट्रेशन कैम्प के बीते हुए काले दिनों के पहाड़ से टकरा देता है और मन को समझाने बुझाने की जिस नाव पर बैठकर मैं इन घायल दिनों की याद के जलजले से निकल भागता हूँ वह ध्वस्त पड़ा हुआ है।

नींद की अर्द्धचेतन अवस्था में दिमाग़ शान्ति और सुख की तलाश में

कोच परिवार द्वारा इस्तेमाल किए जाने वाले राइडिंग हॉल का अन्तरिक भाग

भटकने लगता है। सुख और वैभव अगर इस कैम्प में कहीं है तो वह एस.एस. के लोगों के पास है। ऐसे ही वैभव का प्रतीक है राइडिंग हाल। कैम्प कमांडेंट कार्लकोच के चारों ओर घोड़ों की उपस्थिति और उसका व्यक्तिगत राइडिंग हाल, स्टेटस सिम्बल का एक अंग है। एस. एस. सर्किल में कमांडेंट कार्लकोच अपने वैभव और विलासितापूर्ण जीवन के लिए विख्यात है। क़ैदियों से ऐंठे गए धन से और बड़े पैमाने पर धन का गबन कर वह उसकी पूर्ति करते हैं। इनके इस वैभव की बुनियाद भी बन्दियों के श्रम के ऊपर रखी गई। निर्माण कार्य इस गति और इस तरीक़े से कराए गए कि लगभग 30 बन्दी या तो पूरी तरह से घायल हो गए थे या मृत्यु को प्राप्त हो गए थे। यह पूरा राइडिंग हाल 1600 वर्गमीटर में फैला हुआ है और इसका प्रयोग कमांडेंट और उनकी पत्नी के लिए सुरक्षित है। मैं यह देख रहा हूँ कि मिसेज कोच प्रातः के समय यहाँ घुड़सवारी का आनन्द ले रही हैं। एक विशेष प्लेटफार्म पर खड़े होकर एस.एस. के बैंड संगीत की धुन बजा रहे हैं। संगीत की धुन में मैं खोता जा रहा हूँ।

नींद और गहरा गई है। अचेतन अवस्था में पहुँच गया हूँ मैं। स्मृतियों का तारतम्य भंग हो गया है। वह दिमाग़ को कभी एस.एस. कमांडर सेटलमेंट में ले जाती है, कभी मिलेट्री गैराज में कभी एस.एस. फाल्कान कोर्ट में और कभी शस्त्रागार में। दृश्य तेज़ी के साथ भाग रहे हैं। मैं देख रहा हूँ कि तथाकथित सेटलमेंट नं. 1 में क़ैदियों के द्वारा बनाए गए एवं 350 मी. में फैले हुए 10 भवनों में एस.एस. कमांडरों के परिवार पूर्ण विलासिता और सम्पन्नता का जीवन जी रहे हैं। यातना शिविर में बन्दी इनके घरों में घरेलू नौकर की तरह काम कर रहे हैं। कैम्प कमांडर कार्लकोच का घर इस सेटलमेंट में सबसे बड़ा है। हरे-भरे बगीचों की बानगी यहाँ दिखाई दे रही है। फौव्वारे लयबद्ध तरीक़े से पानी की बौछारें उड़ा रहे हैं। सुरक्षा की भी पूरी व्यवस्था है यहाँ। हवाई हमले से बचाव के लिए भवन के नीचे शरणस्थल बनाया गया है।

शस्त्रों के रख-रखाव के लिए इस कैम्प में शस्त्रागार भी है। इस शस्त्रागार में छोटी बन्दूकों की मरम्मत और रख-रखाव का कार्य हो रहा है। आर्डिनेन्स डिपो भी इसके बगल स्थित है। फायरिंग स्कवायड को

इस स्थान से हथियार दिए जा रहे हैं।

मुझे 'कमांडर पाथ' दिख रहा है। शिविर तक जाने के लिए एस. एस. कमांडर अलग बनाए गए इस मार्ग का इस्तेमाल करते हैं। इसी रास्ते के सहारे बन्दियों द्वारा बनाए गए भवनों का एक काम्पलेक्स स्थित है, जिसमें 12 गैराज एक फिलिंग स्टेशन और कमांड टावर हैं। मैं देख रहा हूँ—2000 से अधिक क़ैदी इस काम्पलेक्स को अन्तिम रूप देने के लिए रात-दिन खट रहे हैं। श्रम के समय बन्दियों को दी जाने वाली यातनाओं का दृश्य यहाँ भी उभरने लगता है। मन ऊब चुका है ऐसे दृश्यों से और स्मृतियों से। नहीं देखना चाहता और कुछ इस बारे में। मौत के शिकार बनते हुए बन्दियों को अपने हाल पर छोड़कर मैं एस.एस. फाल्कान कोर्ट में प्रवेश कर जाता हूँ।

एस.एस. के कमांडर चीफ़ हेनरिच हिमलर ने बुखेनवाल्ड के यातना शिविर का निरीक्षण करने के बाद 1938 में फाल्कान कोर्ट बनाने के आदेश दिए थे। मध्यकाल में प्रचलित शिकार की परम्पराओं का अनुसरण करते हुए यहाँ दो ईगल हाउस एवं सात बड़े-बड़े पिजड़े बनाए गए हैं। शिकारियों के लिए भी एक बहुत बड़ा घर बनाया गया है यहाँ। सामान्य जनता के लिए भी खुला है फाल्कान कोर्ट। लोगों की एक लम्बी कतार लगी हुई है फाल्कान कोर्ट घूमने के लिए। बन्दियों से भी यह अछूता नहीं रह गया है। फ्रांसीसी सरकार के बहुत से सदस्य बन्दियों के रूप में फाल्कान हाउस में पड़े हुए हैं।

एस.एस. बैरक और मिलेट्री गैराज के बीच फिक्टेनहेन का विशेष शिविर मेरी आँखों से टकरा रहा है। विशेष बन्दियों के लिए बनाया गया यातना शिविर है यह। रोमन फासिस्ट आन्दोलन के दौरान बन्दी बनाए गए बहुत से लोग इसमें रखे गए हैं। हिटलर के ख़िलाफ़ बग़ावत करनेवाले षड्यन्त्रकारियों के परिजन यहाँ फैमिली रिटेंशन में हैं। जर्मनी के सोशल डेमोक्रेटिक ग्रुप के अध्यक्ष डा. रूडेलविडस चीट मफाल्डा, हेस की राजकुमारी और इटली के राजा की पुत्री को गिरफ़्तार करके यहाँ अलग-अलग, तनहाई में रखा गया, जिनकी हवाई हमले में मृत्यु भी हो गई।

हवाई हमले! बमों की आवाज़ चारों ओर गूँज रही है। कॉन्सॅन्ट्रेशन

फिक्टेनहेन स्पेशल कैम्प

कैम्प पर हवाई हमले शुरू हो गए हैं। वायु सेना के बमबाज विमानों की भयंकर गर्जना से कानों के परदे फट रहे हैं। मेरी नींद भाग गई है। बदहवास-सा बाहर भाग रहा हूँ। बारूद की महक एवं धुएँ से पूरा कैम्प पटा हुआ है। हाहाकार मचा हुआ है। एस.एस. के ठिकाने एक-एक करके निशाने पर चढ़ रहे हैं। कोहराम मचा हुआ है। जर्मनी के विरुद्ध मित्र शक्तियों ने नाजी सत्ता के ताबूत पर अन्तिम कील ठोकने के लिए कमर कस ली है। नाजी अत्याचार की फिल्म का जैसे अन्तिम दृश्य बुखेनवाल्ड में फिल्माया जा रहा है। तीसरी अमेरिकन आर्मी का कैम्प पर कब्ज़ा हो गया है।

19.4.1945

कैम्प नाजियों के चंगुल से मुक्त हो चुका है। बन्दियों की भारी भीड़ एक जगह इकट्ठा है। शोकसभा चल रही है। जीवित लोगों के उल्लिखित घोषणा पत्र को रूसी, पोलिश, फ्रेंच और जर्मन भाषाओं में पढ़ा जा रहा है। बुखेनवाल्ड की क़सम है यह। चारों ओर गूँज रहा है, शोक, वेदना, अन्याय एवं अत्याचार में डूबी हुई क़सम का एक-एक शब्द। शुरू से अन्त तक क़सम का एक-एक शब्द मेरे जेहन में जस का तस धँसा हुआ है। इस प्रकार से ली गई है यह क़सम—"मित्र ! हम बुखेनवाल्ड के फासिस्ट विरोधी लोग यहाँ पर उन 51000 क़ैदियों को सम्मानित करने के लिए एकत्रित हुए हैं, जिन्हें नाजी, खूँखार जानवरों द्वारा और उनके कमांडरों द्वारा निर्दयतापूर्वक मार डाला गया। 51000 लोगों को या तो गोली मार दी गई या फाँसी पर लटका दिया गया, कुचल दिया गया, पीट-पीटकर मार डाला गया, घुट-घुटकर मर जाने के लिए मज़बूर कर दिया गया, पानी में डुबो दिया गया, ज़हर का इंजेक्शन देकर मार डाला गया। 51000 पिता, भाई और पुत्र मर गए,

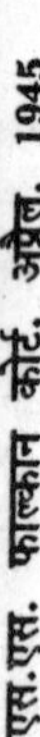
एस.एस. फाल्कान कोर्ट, अप्रैल, 1945

19 अप्रैल, 1945 में इसी स्थान पर 51000 मरने वाले लोगों की याद में शोकसभा हुई थी; यह स्मृति-चिह्न बाद में निर्मित किया गया

क्योंकि वे फासिस्ट साम्राज्य के बहशीपन के खिलाफ़ संघर्ष कर रहे थे। 51000 माताएँ, पत्नियाँ और सैकड़ों-हज़ारों बच्चों के लिए वे हत्या के दोषी हैं। हम लोग जो इस अत्याचार से जीवित बच गए हैं, नाजियों के दमन के गवाह हैं। हम शक्तिहीन हैं और क्योंकि हमारे साथी धराशायी हो गए हैं, हम पश्चात्ताप की भयंकर ज्वाला में जल रहे हैं। ऐसी स्थिति में यदि कोई चीज़ हमें जीवित रख सकती है तो वह यह आशा है कि एक-न-एक दिन बदला लेने का समय ज़रूर आएगा।

आज हम स्वतन्त्र हैं। हम एलाइड अमेरिकन, ब्रिटिश और सोवियत सेनाओं और स्वतन्त्रता के लिए लड़नेवाली उन सभी सेनाओं के आभारी हैं, जो हमारी ज़िन्दगी के लिए और पूरे विश्व के कल्याण के लिए हैं। आज हम रूजवेल्ट को याद करते हैं, जो सभी देशों में फासिस्ट विरोधी शक्तियों के सहयोगी थे और जो नए प्रजातान्त्रिक और शान्तिपूर्ण विश्व की स्थापना के संगठनकर्ता और पुरस्कर्ता थे। आइए, हम इनके प्रति श्रद्धासुमन अर्पित करें।

हम बुखेनवाल्ड के रूसी, फ्रांसीसी, पोलैंडवासी, चेकस्लोवाक, जर्मन, स्पेनियाई, इटेलियन, आस्ट्रियाई, बेलजियन, डच, अंग्रेज़, लक्जमबर्गवासी, रोमनवासी, यूगोस्लाव और हंगेरियन हैं। हम एक साथ मिलकर एस. एस. के खिलाफ नाजी अपराधियों से अपनी स्वतन्त्रता के लिए संघर्ष करेंगे। हमारा ध्येय वाक्य है—हम अपने उद्देश्य के प्रति समर्पित हैं और अन्ततः हमारी ही विजय होगी। विभिन्न भाषाओं को बोलनेवाले हम क्यों न हों, पर हम संघर्ष में एकजुट और सुसंगठित रहें। फिर भी हमारा संघर्ष पूरा नहीं हुआ। नाजी का परचम अब भी लहरा रहा है। हमारे साथियों के हत्यारे जिन्दा हैं। हमें यन्त्रणा देनेवाले अब भी आज़ाद हैं। हम फासिस्ट उत्पीड़न के इस स्थल पर यह क़सम खाते हैं कि

अप्रैल, 1945 में मुक्त कराए गए डच बंदी

मई, 1945 में कैम्प में यहूदी तथा अमेरिकन सेना के लोग खुशी मनाते हुए

हमारा संघर्ष तब तक जारी रहेगा, जब तक कि सभी देशों के न्यायालयों द्वारा एक-एक दोषी को फाँसी पर लटका नहीं दिया जाता। हमारा नारा है नाजीवाद को कुचल दो। हमारा सिद्धान्त है शान्ति और स्वतन्त्र विश्व का निर्माण करना। यही हमारी क़त्ल किए गए साथियों के प्रति सच्ची श्रद्धांजलि होगी और उनके शोक संतप्त परिजनों के प्रति संवेदना होगी। और यदि आप इस संघर्ष के लिए तत्पर हैं तो अपना हाथ ऊपर उठाएँ और शपथ लें।''

हज़ारों हाथ हवा में लहरा रहे हैं। बन्दी स्वतन्त्र हो गए हैं। कैम्प से उनकी विदाई हो रही है। मैं भी आज़ाद हूँ। क़ैदियों के झुंड में धीरे-धीरे विलीन हो गया हूँ। मेरी संवेदनाओं का प्रतिरूप इस समय मेरे पास नहीं है। अकेला पड़ा हुआ हूँ, 'आज का मैं' कॉन्सॅन्ट्रेशन कैम्प में तीन घंटे बिताने के बाद थका हुआ-सा। मेरी संवेदनाओं ने मूर्त रूप धारणकर कॉन्सॅन्ट्रेशन कैम्प में 60 वर्ष पूर्व की दिनचर्याओं का साक्षात्कार कर उन्हें स्मृतियों के गट्ठर में बाँध लिया है। मेरी संवेदनाओं का प्रतिरूप 'वह' विलीन नहीं हो सकता। वह कहीं नहीं गया है। वह वापस आ गया है। समाया हुआ है मेरी रग-रग में। कैम्प के साक्षात्कार की गठरी के बोझ को अपने दिमाग़ पर लादे हुए मैं कैम्प को अलविदा कहता हूँ। परन्तु बोझ को मैं ज़्यादा उठा नहीं सकता। इसको हलका करना है। लेखनी का प्रवाह यह काम कर रहा है। मानव सभ्यता के इतिहास की यह काली स्याही लेखनी के रास्ते से बहते हुए इस किताब के पन्नों के बन्धन में जकड़ गई है, सदा के लिए।

दोषी कौन ?

इतिहास के इस वीभत्स हादसे के लिए दोषी कौन है? हिटलर या हिटलर को मुक्तिदाता के रूप में स्वीकार कर लेनेवाली जर्मन जनता? या वह परिस्थितियाँ जिन्होंने हिटलर को मुक्तिदाता के रूप में स्वीकार कर लेने के लिए उन्हें मज़बूर कर दिया? या उन परिस्थितियों को पैदा कर देनेवाली विश्वशक्तियाँ? यदि हम विश्वयुद्ध के बाद के जर्मन इतिहास के पन्नों को एक-एक करके पलटें तो परत-दर-परत उन सब प्रश्नों से प्रश्नवाचक चिह्न हटते चले जाएँगे।

साम्राज्यवादी देशों की आपसी प्रतिस्पर्धाओं और टकराव के कारण ही प्रथम विश्वयुद्ध छिड़ा। इस युद्ध में एक ओर जर्मनी, आस्ट्रिया और हंगरी थे तथा दूसरी ओर ब्रिटेन, फ्रांस, अमेरिका और रूस जैसे देश। युद्ध में जर्मनी और उसके गठबन्धन की पराजय हुई। 1918 की गर्मी में सैनिक हार हो जाने के बाद जर्मनी में राजनीतिक क्रान्ति हुई। चार वर्ष तक जर्मन लोग पूरी विजय की आशा में बड़ी मज़बूती के साथ तमाम कठिनाइयों को सहते रहे। परन्तु पराजय के बाद उन्हें युद्ध के कारण हुए विनाश का एहसास होने लगा। उन्होंने तत्कालीन राजतन्त्र को इसके लिए ज़िम्मेदार ठहराया। उन्होंने सोचा कि राजतन्त्र औंर उसके मुखिया विलियम कैसर ने ही समस्त देश को अनावश्यक और नाशकारी युद्ध में धकेला है। युद्ध में अपनी पराजय को जर्मनी की भावुक जनता पचा नहीं पाई थी और उसने युद्ध के लिए एवं पराजय के लिए दोष तत्कालीन राजतन्त्र के सिर पर मढ़ दिया। नवम्बर 1918 में ही जर्मनी में राजतन्त्र का तख्ता पलट दिया गया। जर्मनी के सम्राट कैसर विलियम ने भागकर हालैंड में शरण ली। जर्मनी में जो नई सरकार बनी उसका स्वरूप गणतन्त्रीय था। वाईमर गणतन्त्र—यह नाम इसलिए पड़ा कि वाईमर नामक स्थान पर राष्ट्रीय सभा ने 1919 में उसका

संविधान स्वीकार किया था। इसका प्रारम्भ बहुत ही निराशाजनक परिस्थितियों में हुआ। उसे चारों ओर अव्यवस्था, असंगठन और अभाव का सामना करना पड़ा। उसका पहला कार्य वर्साय की सन्धि का अनुसमर्थन करना था। उसे वर्साय की अपमानजनक सन्धि पर हस्ताक्षर करने के लिए बाध्य होना पड़ा। सन्धि में जर्मनी और उसके सहयोगियों को आक्रमण का दोषी ठहराया गया।

फ्रांस को अल्सास लोरेन वापस दे दिया गया। सार नामक जर्मन क्षेत्र की कोयला खदानें 15 वर्षों के लिए फ्रांस को दे दी गईं और वह क्षेत्र राष्ट्रसंघ (लीग ऑफ नेशन्स) के प्रशासन में आ गया। जर्मनी को अपने युद्धपूर्व क्षेत्र का कुछ भाग डेनमार्क, बेल्जियम, पोलैंड और चेकोस्लोवाकिया को भी देना पड़ा। राइन नदी के घाटी क्षेत्र को सेना सहित करने का फैसला किया गया। सन्धि में जर्मनी के सारे उपनिवेश उससे छीनकर विजेताओं को दे दिए गए। टोगों और कैमरून को ब्रिटेन और फ्रांस ने आपस में बाँट लिया। दक्षिण-पश्चिम अफ्रीका और पूर्व अफ्रीका में स्थित जर्मन उपनिवेश ब्रिटेन, बेल्जियम, दक्षिणी अफ्रीका और पुर्तगाल को दे दिए गए। प्रशान्त क्षेत्र में स्थित उसके उपनिवेश तथा चीन में उसके सारे अधिकार क्षेत्र जापान को दे दिए गए। युद्ध के दौरान चीन मित्र राष्ट्रों का सहयोगी था और जर्मनी के अधिकार या नियन्त्रण करनेवाले चीनी क्षेत्र चीन को नहीं लौटाए गए बल्कि वे जापान को दे दिए गए। युद्ध में मित्र राष्ट्रों को जो हानि और क्षति हुई थी उसका हरजाना जर्मनी को भरना पड़ा। उसके लिए 6 अरब 50 करोड़ पौंड की भारी रक़म निश्चित की गई।

वास्तव में यह सन्धि जर्मन प्रचारकों के सुपरिचित शब्दों में 'आदिष्ट सन्धि' थी। वह विजेताओं द्वारा विजितों पर लादी गई थी तथा आदान-प्रदान की प्रथा के आधार पर परस्पर बातचीत द्वारा तय नहीं हुई थी। वैसे तो युद्ध समाप्त करनेवाली लगभग प्रत्येक सन्धि ही एक सीमा तक, आरोपित शान्ति स्थापित करने वाली सन्धि होती है क्योंकि एक पराजित राज्य अपनी पराजय के परिणामों को कभी स्वेच्छा से स्वीकार नहीं करता। किन्तु वर्साय की सन्धि में आरोपण की मात्रा आधुनिक युग की किसी भी पिछली शान्ति सन्धि की अपेक्षा अधिक स्पष्ट थी।

वर्साय में जर्मन प्रतिनिधिमंडल को सन्धि के प्रारूप पर लिखित आलोचना करने का केवल एक ही अवसर दिया गया। उसकी कुछ आलोचनाओं पर ध्यान भी दिया गया, किन्तु संशोधित सन्धि उसको इस धमकी के साथ सौंपी गई थी कि यदि उस पर पाँच दिन के अन्दर हस्ताक्षर नहीं किए गए, तो युद्ध पुनः प्रारम्भ कर दिया जाएगा। जर्मन प्रतिनिधिमंडल का कोई भी सदस्य प्रारूप दिए जाने और सन्धि पर हस्ताक्षर किए जाने के दो औपचारिक अवसरों को छोड़ और किसी भी समय मित्र राष्ट्रों के प्रतिनिधियों से आमने-सामने नहीं मिला। इन अवसरों पर भी साधारण शिष्टाचार का पालन नहीं किया गया। जर्मनी की ओर से हस्ताक्षर करनेवाले दोनों ही प्रतिनिधियों को हस्ताक्षर विधि के समय मित्र राष्ट्रों के प्रतिनिधियों को बराबरी से नहीं बैठाया गया, अपितु इसके विपरीत उन्हें पहले से अपराधियों भी भाँति हाल के भीतर और बाहर लाया-ले जाया गया। इन अनावश्यक अपमानों के, जिनका कारण केवल युद्ध काल की अवशिष्ट तीव्र कटुता ही हो सकती थी, जर्मनी में व अन्यत्र दूरगामी मनोवैज्ञानिक परिणाम हुए। उन्हीं के कारण आदिष्ट शान्ति की धारणा जर्मन लोगों के मन में घर कर गई और जर्मनों में सर्वत्र यह विश्वास व्यापक रूप से फैल गया कि उपर्युक्त परिस्थितियों में जर्मनी से कराए गए हस्ताक्षर उस पर नैतिक दृष्टि से बन्धनकारी नहीं हैं।

जर्मनी पर रक्तपात का कलंक लगाया गया था। इससे जर्मनी लोग बहुत दब गए थे। उनके देश के टुकड़े-टुकड़े कर दिए गए थे और युद्ध दंड का भारी भार उन पर लाद दिया गया था। लोग समझते थे कि जर्मनी चाहता तो महायुद्ध रुक सकता था, परन्तु वह रक्तपात करता रहा। अब जर्मनी उसका प्रायश्चित्त कर रहा है। जर्मनी को ऐसा प्रतीत होता था कि उसको जाति-बहिष्कृत कर दिया गया है। चरित्र की दृष्टि से मानो वह संसार के राष्ट्रों में कोढ़ी है। जिन कान्फ्रेंसों में उसके भाग्य का निर्णय हुआ था उसमें उनके प्रतिनिधि शामिल नहीं थे। वे पास के कमरों में बैठे हुए निर्णय की प्रतीक्षा किया करते थे। जेनेवा की असेम्बली में उसको स्थान नहीं दिया गया। उसकी भूमि पर विदेशी सेनाएँ पड़ी हुई थीं। विदेशों के कमीशन वहाँ शासन कर रहे थे। वर्साय

की सन्धि के अनुसार जो जर्मनी पर दायित्व रखे गए थे उनके पालन की निगरानी के लिए ये कमीशन भी जर्मनी की सरकार के साथ-साथ वहाँ शासन करते थे। इसलिए समस्त देश में दुःख का वातावरण था और प्रतिकूल आर्थिक परिस्थिति भी दिन-प्रतिदिन तेज़ी के साथ बिगड़ती जाती थी। कुछ हद तक इसका कारण था रण-दंड की अदायगी। कुल मिलाकर सन्धि की अपमानजनक शर्तों के कारण उसके थोपे जाने के तरीक़ों से जर्मनी का आत्मसम्मान नष्ट हो गया था। अपने राष्ट्र के अपमान को वे लोग जहाँ तक सह सकते थे वहाँ तक उन्होंने सहा। फिर अपने शत्रुओं के प्रति उनके हृदयों में घोर कटुता उत्पन्न हो गई।

हिटलर ने जर्मनी की जनता की आहत भावनाओं को बखूबी भुनाया। विश्व शक्तियों ने राष्ट्रीय अपमान की गहरी खाइयाँ जर्मनी की जनता के मन में खोद दी थीं। उसे हिटलर ने अन्धी उग्र राष्ट्रवादी भावनाओं से भरना शुरू कर दिया था। हिटलर ने वाईमर गणतन्त्र को हाशिये पर खड़ा कर दिया था। वर्साय की अपमानजनक सन्धि पर हस्ताक्षर करने के कारण वाईमर गणतंत्र का नाम जनता के मन में राष्ट्रीय अपमान के साथ जुड़ गया था। नाजियों को यह भावना व्यक्त करने का मौक़ा मिल गया कि वे बड़े देशभक्त हैं और जो जर्मनी सरकार पश्चिमी शक्तियों से हाथ जोड़कर अपने दुःखों का निवारण करना चाहते हैं, वह देशघातक हैं। यदि विश्वशक्तियों ने वाईमर की लोकप्रिय गणतन्त्रात्मक सरकार को वर्साय की अपमानजनक सन्धि का कड़वा घूँट पीने के लिए मज़बूर न किया होता तो शायद जर्मनी की जनता एक व्यक्ति की सत्ता को मानने की अपनी परम्परा की ओर मुड़कर नहीं देखती। सन् 1815 में जैसी बुद्धिमानी विजेताओं ने दिखाई थी, उसका यदि अंश मात्र भी अनुसरण कर लिया जाता तो स्थिति भिन्न होती। 1815 में नेपोलियन का तख्ता उलट देनेवाले राष्ट्रों को यह समझ थी कि यदि वह फ्रांस में पुनः स्थापित राजतन्त्र को बनाए रखना चाहते हैं तो उन्हें उसके प्रति सम्मान और औदार्य दिखाना चाहिए, परन्तु 1918 के विजेताओं ने इस प्रकार की बुद्धिमानी नहीं दिखाई। यह उनके हित में ही था कि शान्तिप्रिय वाईमर प्रजातन्त्र

जर्मनी में अपनी स्थिति सुदृढ़ कर लेता। किन्तु उसकी प्रतिष्ठा बढ़ाने के हर सम्भव प्रयत्न करने के बदले उसे हमेशा इस प्रकार नीचा दिखाते रहे कि वह प्रजातन्त्र जर्मनी की जनता के प्रेम और उसकी निष्ठा प्राप्त करने की कभी आशा नहीं कर सकता था। विजेताओं की इस ऐतिहासिक भूल ने हिटलर के सत्ता में आने के रास्ते को साफ़ किया और मानव जाति के शर्मनाक इतिहास को रचने में उसकी मदद की।

यही नहीं, प्रथम विश्वयुद्ध के बाद जर्मनी को ऐसा प्रतीत होता था कि उसको जाति, बहिष्कृत कर दिया गया। चरित्र की दृष्टि से संसार के राष्ट्रों में उसे कोढ़ी माना गया। पूरी जर्मन जाति को विश्व युद्ध के बाद शान्ति सन्धियों के लिए आयोजित कान्फ्रेंसों के जरिए क़ैदियों जैसा व्यवहार देकर हीनता का अनुभव कराया गया। विजेताओं के इन अपमानजनक कार्यों से जर्मनी की जनता में अपना राष्ट्रीय सम्मान स्थापित करने की गहरी ललक और तड़प पैदा हो गई थी। जर्मन नस्ल की श्रेष्ठता के हिटलर के नारे में उसे अपना अहम सन्तुष्ट होता हुआ दिखा। जो विजेता जर्मनी को हीन मान रहे थे, वे ही हिटलर के जर्मन नस्ल की श्रेष्ठता के नारे के सामने हीनतम नज़र आने लगे।

इस अहम की सन्तुष्टि के लिए ही जर्मनी की जनता ने हिटलर के जातिवाद एवं नस्लवाद के नारे को अपनी सहमति प्रदान कर दी। यदि जर्मन जनता को हीनता का अहसास विजेताओं द्वारा नहीं कराया गया होता तो शायद हिटलर के नस्लवाद को सफलता का खुला मैदान नहीं मिलता। इसके लिए दोषी तत्कालीन विश्व विजेता ही थे।

विजेताओं का जर्मनी के भूभागों का अपमानजनक बँटवारा, उसकी भौगोलिक सीमाओं की अव्यावहारिक काट-छाँट, जर्मनी की जनता को शूल की तरह चुभ रही थी। यह पीड़ा इसलिए और ज़्यादा थी कि विजेताओं ने यह सबकुछ अपनी भौगोलिक सीमाओं के विस्तार की क़ीमत पर किया। इस विरोधाभासी व्यवहार ने जर्मनी की जनता के स्वाभिमान को जड़-मूल से हिला दिया। हिटलर ने छीने गए भू-भाग को वापस लेने का दम भरा। उसने जर्मनी की भौगोलिक सीमाओं को वहाँ तक फैला देने की घोषणा की जहाँ-जहाँ तक जर्मन निवास करते थे। यह सीमा-रेखा खींची जानी थी जर्मनी के पर कतरने वाले विजेता राष्ट्रों

की छाती पर। अपनी भौगोलिक क्षेत्रों की वापसी की ही नहीं, बल्कि उसे छीननेवाले यूरोपीय विजेता देशों को भी जर्मनी की सीमा में मिला देने की हिटलर की नीति ने जनता के घायल स्वाभिमान में संजीवनी फूँक दी।

युद्धजनित परिस्थितियों एवं उसके बाद जर्मनी पर लादे गए भारी हर्जाने ने जर्मनी को भुखमरी के कगार पर लाकर खड़ा कर दिया। अपने राष्ट्रीय अपमान से दुःखी एवं आर्थिक रूप से तंगहाल जर्मनी की जनता को हिटलर ने उसके जो भी कारण और निदान सुझाए, उसको उसने अन्धे होकर स्वीकार कर लिया। हिटलर की यहूदी विरोधी नीति के विरुद्ध इसलिए जनता की कोई प्रतिक्रिया नहीं हुई। उसने नाजीवाद के उस प्रचार पर कि—यहूदी ही प्रथम विश्वयुद्ध में जर्मनी की हार के जिम्मेदार हैं, जर्मनी के सारे दुःखों की जड़ यहूदी ही हैं, जर्मन जाति की शुद्धता में वे बाधक हैं, जर्मनी के आर्थिक संसाधनों पर उनका कोई अधिकार नहीं होना चाहिए तथा उन्हें निर्वाह के साधनों से वंचित कर दिया जाना चाहिए, मौन साध लिया।

कुल मिलाकर जर्मनी की जनता अपमान का ज़हरीला घूँट पीकर अपने होशोहवास खो बैठी थी। वह विक्षिप्त हो गई थी और उसमें अच्छे-बुरे का विवेक समाप्त हो गया था। स्वाभिमान पर चोट हर व्यक्ति के लिए गम्भीर होती है। परन्तु भावुक व्यक्ति पर, आत्मसम्मान को सबसे बड़ी पूँजी माननेवाले संवेदनशील व्यक्ति के लिए यह पीड़ा निश्चित ही विक्षिप्तता पैदा करनेवाली होती है। उसके निराकरण के लिए, चोट देनेवालों से बदला लेने के लिए, नष्ट आत्मसम्मान को पुनः स्थापित करने के लिए, वह अच्छे और बुरे के भेद को बलाए ताक रखकर कोई भी रास्ता अपनाने के लिए तैयार हो जाता है। यह स्वाभाविक है कि सताया हुआ, आत्मसम्मान पर चोट खाया हुआ व्यक्ति हर उस आदमी का विश्वास कर लेता है जो उसको सतानेवाले से बदला लेने का रास्ता दिखा सके। उसे हर ऐसी बात अपील करती है जो अपमान के साए में डूबे हुए उसके स्वाभिमान को सन्तुष्ट करनेवाली हो। उसके अपमान के जो-जो कारण प्रस्तुत किए जाते हैं, उनको अन्धा होकर मान लेता है। ऐसे भावुक व्यक्ति का भाग्य और दुर्भाग्य समय

के हाथ में रहता है। यदि उसकी भावनाओं को रचनात्मक दिशा में ले जानेवाले व्यक्ति मिल जाते हैं तो उसका भाग्य उदय होता है और यदि उसकी भावनाओं को विध्वंसकारी दिशा की ओर मोड़ देनेवाला व्यक्ति मिल जाता है तो उसके भाग्य के सूरज का डूबना निश्चित हो जाता है। ठीक यही मनोविज्ञान एवं हाल प्रथम विश्वयुद्ध के बाद के जर्मन राष्ट्र का था। अपने राष्ट्रीय अपमान से बौखलाई हुई वहाँ की जनता ऐसे व्यक्ति की तलाश में थी, जो उन्हें राष्ट्र-अपमान से मुक्ति का रास्ता दिखा सके। समय चक्र से, यह रास्ता दिखानेवाला हिटलर उन्हें मिल गया।

यदि मित्र शक्तियों ने प्रथम विश्वयुद्ध के बाद जर्मनी के साथ न्याय किया होता, जर्मनी के स्वाभिमान के दर्द को समझा होता और वर्साय की सन्धि की एक पक्षीय शर्तों को न थोपा होता तो जर्मनी की जनता शायद पागल बनकर हिटलर के समक्ष आत्मसमर्पण नहीं करती। जर्मनी की जनता विजेताओं की अदूरदर्शिता की मार से आहत कर दी गई थी। उन्होंने बिना सोचे-समझे, बिना जर्मनी की जनता के चरित्र को समझे उसके राष्ट्रीय स्वाभिमान एवं गौरव को बुरी तरह रौंद डाला था। परिणामस्वरूप निराश होकर वह उस नेता के अनुयायी बन गए, जिसने विप्लव का ध्वज ऊँचा किया। प्रथम विश्वयुद्ध के विजेताओं ने ही उन परिस्थितियों को पैदा किया, जिनके चलते जर्मनी की जनता ने हिटलर को मुक्तिदाता के रूप में स्वीकार किया। और हिटलर बना इतिहास के इस वीभत्स हादसे के लिए दोषी। जर्मनी की तत्कालीन जनता माफी की पात्र है क्योंकि वह अपने होशोहवास खो चुकी थी और उसको इस हालत में लाने के लिए विजयी विश्व शक्तियाँ ही ज़िम्मेदार थीं। अन्ततः इतिहास के इस काले अध्याय के लिए प्रमुख रूप से हिटलर और उसके साथ-साथ अगर किसी का दोष है तो वह है तत्कालीन विजेता शक्तियों द्वारा पैदा की गई परिस्थितियों का।

अब हम आते हैं विश्वयुद्ध के दौरान विश्वव्यापी नरसंहार पर। मानव सभ्यता के विनाश में हिटलर के साथ-साथ विश्वयुद्ध में भाग लेनेवाले हर राष्ट्र ने अपनी भूमिका अदा की। इस युद्ध में जितने लोग काल-कलवित हुए, उसका इतिहास में कोई उदाहरण नहीं मिलता।

5 करोड़ से अधिक लोग मृत्यु के घाट उतार दिए गए। उनमें लगभग 2.2 करोड़ सैनिक और 2.8 करोड़ से अधिक नागरिक शामिल थे। लगभग 1.2 करोड़ लोग यातना शिविरों में या फासीवादियों के आतंक की मार मारे गए। कुछ देशों की जनसंख्या को एक बहुत बड़े भाग से हाथ धोना पड़ा। उदाहरण के लिए पोलैंड के 60 लाख लोग मारे गए जो कुल जनसंख्या का लगभग 20 प्रतिशत थे। इनमें लगभग 50 लाख लोग असैनिक नागरिक थे। सबसे भयानक नुक़सान सोवियत संघ का हुआ। उसके दो करोड़ लोग मारे गए जो आबादी का दसवाँ हिस्सा था। जर्मनी के 60 लाख से अधिक लोग मारे गए जो आबादी का लगभग दसवाँ भाग थे। इस विश्व युद्ध को संयुक्त राज्य अमेरिका ने परमाणु बमों का इस्तेमाल कर और भी दर्दनाक बना दिया। संयुक्त राज्य की सरकार ने दो जापानी नगरों–हिरोशिमा और नागासाकी पर बम गिराए। इन दो बमों से कुल मिलाकर 3,20,000 लोग तत्काल मारे गए और दोनों नगरों का बड़ा भाग पूरी तरह नष्ट हो गया। जो लोग जीवित बच गए थे उनकी सन्तानों के स्वास्थ्य पर इन बमों का दुष्प्रभाव अभी तक जारी है। मानव जाति के विनाश के यज्ञ में सब राष्ट्रों ने बराबर की आहुति डाली। मानवों की जानवरों की तरह हत्या करने में कोई भी पक्ष पीछे नहीं था। अन्तर था तो सिर्फ़ तरीक़े का। उस तरीक़े का जैसे गोश्त को हलाल कर और झटके से मारकर खाने में होता है। फासीवादियों ने लोगों को यातना शिविरों में हलाल करके मारा वहीं अन्य देश के सैनिकों ने इसका परहेज किया और झटके का तरीक़ा इस्तेमाल किया।

यहाँ एक तथ्य इतिहासकारों के लिए शोध का विषय बन सकता है कि क्या हिटलर को सत्ता सौंपते समय उसे नृशंसता और क्रूरता की हद तक जाने की इजाज़त जर्मनी की जनता ने दी थी। प्रथमदृष्टया इसका उत्तर नहीं-सा लगता है। सत्ता पाने के बाद जर्मनी की जनता हिटलर की तानाशाही के आगे लाचार हो गई थी। मूक दर्शक बने रहने के अलावा उसके पास शायद कोई और चारा नहीं बचा था। हिटलर भी जर्मनी की जनता की स्वीकृतियों की सीमाओं को समझता था। इसलिए शायद उसने कॉन्सॅन्ट्रेशन कैम्प में चलनेवाली बर्बरताओं को गोपनीयता के ज़बर्दस्त आवरण से ढाँक रखा था। यदि बुखेनवाल्ड कॉन्सॅन्ट्रेशन

कैम्प को ही ले लिया जाए तो उसका निर्माण वाईमर से 8 कि. मी. दूर निर्जन स्थान पर करने के बीच कारण यही था कि वाईमर के निवासियों को कैम्प की गतिविधियों की हवा तक न लग सके। यह ऐतिहासिक सत्य भी है कि कॉन्सॅन्ट्रेशन कैम्प में दी जानेवाली यातनाओं की जानकारी जर्मनी की जनता को तभी हुई जब यह कैम्प मुक्त कराया गया, युद्ध बन्दियों के मुक़दमे दर्ज कराए गए और उनके बयान दर्ज़ किए गए। हिटलर के अत्याचारों का कोई जस्टिफिकेशन नहीं है, शमर्नाक है, कलंक है। जर्मनी की भावी पीढ़ी इसके लिए आज भी पश्चात्ताप में डूबी हुई है। वर्तमान राजनीतिक व्यवस्था में हिटलर की नात्सी पार्टी का कोई नाम लेनेवाला नहीं है। इतिहास के इस काले अध्याय पर लोग बातचीत करना पसन्द नहीं करते। जर्मनी के नवयुवकों में मैंने जो पीड़ा और दर्द, पश्चात्ताप की जो गहराई देखी है, उसे शब्दों में व्यक्त करना कठिन है। पुनर्जन्म के सिद्धान्त में मेरा विश्वास है। आत्मा अजर और अमर है। जैसे मनुष्य पुराने वस्त्रों को छोड़कर नए वस्त्र धारण करता है, वैसे ही आत्मा नष्ट शरीर को छोड़कर नए शरीर को धारण करती है। ऐसा लगता है कि जर्मनी के यातना शिविरों में मारे गए विभिन्न जाति और देशों के लोगों का पुनर्जन्म हुआ है। उनकी आत्मा मरी नहीं है। बल्कि उसने नए शरीर को धारण कर लिया है। यह शरीर जर्मनी के वर्तमान नवयुवकों का है, नई पीढ़ी का है। उनका पुनर्जन्म हुआ है—जर्मनी की वर्तमान पीढ़ी के नवयुवकों के रूप में। तभी तो आज की जर्मन युवा पीढ़ी उस प्रकार व्यथित एवं पीड़ित दिखाई देती है जैसे कि वह यातना शिविर के भुक्तभोगी हों। भुक्तभोगी की तरह पश्चात्ताप में डूबे हुए वे इतिहास के इस कलंक को भूल जाना चाहते हैं। वे शाश्वत प्रायश्चित्त में लीन हैं। उनमें नात्सी अत्याचारों से उतनी की घृणा एवं वेदना है, जितनी कि किसी सभ्य मानव को होनी चाहिए। वर्तमान जर्मन निवासियों को नाजी अत्याचारों से जोड़कर देखनेवालों के लिए इतिहास में कोई माफी नहीं है। यही मेरी अपने जर्मन मित्र के लिए प्रतिक्रिया है, जिसका ज़िक्र मैंने भूमिका खंड में किया है। मैं अपनी भावनाओं को इस पुस्तक के माध्यम से जर्मनी की समस्त वर्तमान पीढ़ी को पहुँचाना चाहता हूँ।

सन्दर्भ ग्रन्थों की सूची

1. कॉन्सॅन्ट्रेशन कैम्प के बन्दियों के निजी अनुभव :
   - Kari Schnog.
     Former Jewish prisoner
   - Police prisoner Karol Konieczny
   - Walter Poller, former political prisoner
   - Dr. Gustav Herzog, former Jewish prisoner
   - Professor Halbwachs
   - Gerhard Harig, former political prisoner
   - The former prisoner Dr. Eugen Kogon writes
   - Max Papst, former political prisoner
   - Robert Siewert, former political prisoner
   - Camp Commander's Orders passed from time to time
   - German Prisoner Hari Feuerer
   - Zbigniew Fuchs worked as body porter in the crematorium
2. Buchenwald : A tour of the Memorial Site, Weimar-Buchenwald 1993
3. Buchenwald Concentration Camp form 1937 to 1945 : Explanatory Booklet for the Historical Exhibition
4. Konzentrationslager Buchenwald 1937-1945 Begleitband zur standigen historischen Ausstellung Gottingen 1999
5. Thomas Geve : There are no children here Auschwitz, Gro B-Rosen, Buchenwald; Drawings of a Child Historian Gottingen 1997
6. K. L. Buchenwald, Post Weimer Das ehemalige

Konzentrationslager Buchenwald, fotografiert von Jurgen M. Pietsch in den Jahre 1998 and 1999 Sproda 1999

7. Buchenwald A tour of the memorial Site by Sabine and Harry Stein
8. International relation between two world wars (1919-1939) by E. H. Carr
9. Europe in 19th and 20th Century by E. Lipson
10. Europe since Napoleon by David Tomson
11. Mein Kamrf by Adolf Hitler

●●●